En las montañas de la locura

H. P. Lovecraft

En las montañas de la locura

Nueva traducción al español
traducido del inglés por Guillermo Tirelli

ROSETTA EDU

Título original: *At the Mountains of Madness*

Primera publicación: 1936

Ilustración de tapa: Nicholas Roerich: Nag Lake, de la serie «Lakes and Gilgit Path»

© 2023, Guillermo Tirelli, por la traducción al español.
All rights reserved
Quedan prohibidos, dentro de los límites establecidos en la ley y bajo los apercibimientos legalmente provistos, la reproducción total o parcial de esta obra por cualquier medio o procedimiento, ya sea electrónico o mecánico, el tratamiento informático, el alquiler o cualquier otra forma de cesión de la obra sin la autorización previa y por escrito de los titulares del *copyright*.

Primera edición: Diciembre 2023

Publicado por Rosetta Edu
Londres, Diciembre 2023
www.rosettaedu.com

ISBN: 978-1-916939-57-8

ROSETTA EDU

CLÁSICOS EN ESPAÑOL

Rosetta Edu presenta en esta colección libros clásicos de la literatura universal en nuevas traducciones al español, con un lenguaje actual, comprensible y fiel al original.

Las ediciones consisten en textos íntegros y las traducciones prestan especial atención al vocabulario, dado que es el mismo contenido que ofrecemos en nuestras célebres ediciones bilingües utilizadas por estudiantes avanzados de lengua extranjera o de literatura moderna.

Acompañando la calidad del texto, los libros están impresos sobre papel de calidad, en formato de bolsillo o tapa dura, y con letra legible y de buen tamaño para dar un acceso más amplio a estas obras.

Rosetta Edu
Londres
www.rosettaedu.com

INDICE

I	9
II	18
III	34
IV	44
V	52
VI	63
VII	70
VIII	79
IX	87
X	97
XI	104
XII	113

I

Me veo obligado a hablar porque los hombres de ciencia se han negado a seguir mis consejos sin saber por qué. Va totalmente en contra de mi voluntad que cuente mis razones para oponerme a esta contemplada invasión de la Antártida —con su vasta caza de fósiles y su perforación y derretimiento al por mayor de la antigua capa de hielo— y soy tanto más reacio cuanto que mi advertencia puede ser en vano. La duda sobre los hechos reales, ya que debo revelarlos, es inevitable; sin embargo, si suprimiera lo que parecerá extravagante e increíble no quedaría nada. Las fotografías hasta ahora retenidas, tanto ordinarias como aéreas, contarán a mi favor, pues son horriblemente vívidas y gráficas. Aun así, se dudará de ellas debido a los grandes extremos a los que se puede llevar la falsificación ingeniosa. Los dibujos a tinta, por supuesto, serán ridiculizados como evidentes imposturas; a pesar de una extrañeza de la técnica que los expertos en arte deberían comentar y reconocer como desconcertantes.

Al final debo confiar en el juicio y la posición de los pocos líderes científicos que tienen, por un lado, suficiente independencia de pensamiento para sopesar mis datos por sus propios méritos espantosamente convincentes o a la luz de ciertos ciclos de mitos primordiales y altamente desconcertantes; y por otro lado, suficiente influencia para disuadir al mundo explorador en general de cualquier programa precipitado y demasiado ambicioso en la región de esas montañas de la locura. Es un hecho desafortunado que hombres relativamente oscuros como yo y mis asociados, relacionados sólo con una pequeña universidad, tengamos pocas posibilidades de causar impresión cuando se trata de asuntos de naturaleza salvajemente extraña o altamente controvertida.

En nuestra contra está además que no somos, en el sentido más estricto, especialistas en los campos que nos ocupaban principalmente. Como geólogo, mi objetivo al dirigir la expedición de la Universidad de Miskatonic era enteramente el de conseguir muestras de roca y suelo a gran profundidad de diversas partes del continente antártico, con la ayuda del extraordinario taladro ideado por el Profesor Frank H. Pabodie, de nuestro departamento de ingeniería. No tenía ningún deseo de ser pionero en otro campo que no fuera éste; pero sí esperaba que el uso de este nuevo aparato mecánico en diferentes puntos a lo largo de caminos previamente explorados sacaría a la luz materiales de un tipo hasta ahora inaccesible por los métodos ordinarios de recolección. El aparato de perforación de Pabodie, como el público ya sabe por nuestros informes, era único y radical por su ligereza, portabilidad y capacidad de combinar el principio ordinario de perforación artesiana con el principio de la pequeña perforadora circular para roca de tal forma que podía hacer frente rápidamente a estratos de dureza variable. El cabezal de acero, las varillas articuladas, el motor de gasolina, la torre de perforación de madera plegable, la parafernalia de dinamita, el cordaje, la barrena de extracción de escombros y la tubería seccional para perforaciones de cinco pulgadas de ancho y hasta mil pies de profundidad formaban, con los accesorios necesarios, una carga no mayor de lo que podían transportar tres trineos de siete perros; esto fue posible gracias a la inteligente aleación de aluminio de la que se fabricaron la mayoría de los objetos metálicos. Cuatro grandes hidroaviones Dornier, diseñados especialmente para los tremendos vuelos de altura necesarios en la meseta antártica y con dispositivos añadidos de calentamiento de combustible y arranque rápido elaborados por Pabodie, podrían transportar a toda nuestra expedición desde una base al borde de la gran barrera de hielo hasta varios puntos interiores adecuados, y desde estos puntos utilizaríamos una cuota suficiente de perros.

Planeábamos cubrir un área tan grande como lo pudiera permitir una temporada antártica —o más, si fuera absolutamente necesario—, operando principalmente en las cordilleras y en la meseta al sur del Mar de Ross; regiones exploradas en mayor o menor grado por Shackleton, Amundsen, Scott y Byrd. Con frecuentes cambios de campamento, realizados en aeronave y que implicaban distancias lo suficientemente grandes como para tener importancia geológica, esperábamos desenterrar una cantidad de material sin precedentes; especialmente en los estratos precámbricos de los que se había conseguido anteriormente una gama tan reducida de especímenes antárticos. También deseábamos obtener la mayor variedad posible de las rocas fosilíferas superiores, ya que la historia vital primigenia de este sombrío reino de hielo y muerte es de la mayor importancia para nuestro conocimiento del pasado de la Tierra. Que el continente antártico fue una vez templado e incluso tropical, con una vida vegetal y animal rebosante de la que los líquenes, la fauna marina, los arácnidos y los pingüinos del borde septentrional son los únicos supervivientes, es una cuestión de información común; y esperábamos ampliar esa información en variedad, precisión y detalle. Cuando un simple sondeo revelaba indicios fosilíferos, ampliábamos la abertura mediante voladuras para obtener especímenes de tamaño y en el estado adecuados.

Nuestros sondeos, de profundidad variable en función de lo que prometiera el suelo o la roca superior, debían limitarse a las superficies de tierra expuestas o casi expuestas, que inevitablemente eran laderas y crestas debido al grosor de uno o dos millas de hielo sólido que recubría los niveles inferiores. No podíamos permitirnos desperdiciar profundidad de perforación en una cantidad considerable de mera glaciación, aunque Pabodie había elaborado un plan para hundir electrodos de cobre en gruesos grupos de perforaciones y fundir zonas limitadas de hielo con la corriente de una dinamo accionada por gasolina. Es este plan —que no podríamos poner en práctica más que experimentalmente en una expedición como la nuestra— el que la próxima Expedición Starkweather-Moore se propone seguir a pesar de las advertencias que he hecho desde nuestro regreso de la Antártida.

El público conoce la Expedición Miskatonic por nuestros frecuentes informes inalámbricos al Arkham Advertiser y a Associated Press, y por los artículos posteriores de Pabodie y míos. El equipo estaba formado por cuatro hombres de la Universidad —Pabodie; Lake, del departamento de biología; Atwood del departamento de física (también meteorólogo) y yo en representación de geología y con mando nominal— además de dieciséis ayudantes; siete estudiantes graduados de Miskatonic y nueve mecánicos expertos. De estos dieciséis, doce eran pilotos de aeroplano cualificados y todos menos dos eran operadores inalámbricos competentes. Ocho de ellos entendían de navegación con brújula y sextante, al igual que Pabodie, Atwood y yo. Además, por supuesto, nuestros dos barcos —ex balleneros de madera, reforzados para el hielo y con vapor auxiliar— estaban completamente tripulados. La Fundación Nathaniel Derby Pickman, ayudada por algunas contribuciones especiales, financió la expedición; de ahí que nuestros preparativos fueran extremadamente minuciosos a pesar de la ausencia de gran publicidad. Los perros, los trineos, las máquinas, el material de campamento y las piezas sin montar de nuestros cinco aviones se entregaron en Boston, y allí se cargaron nuestros barcos. Estábamos maravillosamente bien equipados para nuestros fines específicos, y en todo lo referente a suministros, régimen, transporte y construcción de campamentos nos beneficiamos del excelente ejemplo de nuestros muchos predecesores recientes y excepcionalmente brillantes. Fue el inusual número y la fama de estos predecesores lo que hizo que nuestra propia expedición —por muy ejemplar que fuera— pasara tan desapercibida para el mundo en general.

Como contaban los periódicos, zarpamos del puerto de Boston el 2 de septiembre de 1930; tomamos un rumbo tranquilo a lo largo de la costa y a través del Canal de Panamá, y nos detuvimos en Samoa y Hobart, Tasmania, en este último lugar tomamos los últimos suministros. Ninguno de nuestro grupo de exploradores había estado antes en las regiones polares, por lo que todos confiábamos mucho en nuestros capitanes de barco —J. B. Douglas, al mando del bergantín Arkham, y que actuaba como comandante del grupo de mar, y Georg Thorfinnssen, al mando de la barca Miskatonic—, ambos veteranos balleneros en aguas antárticas. A medida que dejábamos atrás el mundo habitado, el sol se hundía cada vez más en el norte y permanecía cada día más tiempo sobre el horizonte. Alrededor de los 62° de latitud sur avistamos nuestros primeros icebergs —objetos parecidos a mesas con lados verticales— y justo antes de alcanzar el Círculo Polar Antártico, que cruzamos el 20 de octubre con ceremonias apropiadamente pintorescas, tuvimos problemas considerables con el campo de hielo. El descenso de la temperatura me molestó considerablemente después de nuestro largo viaje por los trópicos pero intenté prepararme para los peores rigores que estaban por llegar. En muchas ocasiones, los curiosos efectos atmosféricos me encantaron sobremanera; entre ellos, un espejismo asombrosamente vívido —el primero que había visto en mi vida— en el que icebergs distantes se convertían en las almenas de castillos cósmicos inimaginables.

Empujando a través del hielo, que afortunadamente no era ni extenso ni espeso, recuperamos las aguas abiertas en la latitud sur 67°, longitud este 175°. En la mañana del 26 de octubre apareció un fuerte «parpadeo de tierra» por el sur, y antes del mediodía todos sentimos un estremecimiento de excitación al contemplar una vasta, elevada y nevada cadena montañosa que se abría y cubría toda la vista que teníamos por delante. Por fin habíamos encontrado un puesto avanzado del gran continente desconocido y su críptico mundo de muerte helada. Estos picos eran evidentemente la Cordillera del Almirantazgo descubierta por Ross, y ahora sería nuestra tarea rodear el Cabo Adare y navegar por la costa este de Victoria Land hasta nuestra base contemplada en la orilla de el estrecho de McMurdo, al pie del volcán Erebus, en la latitud sur 77° 9′.

La última vuelta del viaje fue vívida y llena de fantasía, grandes picos estériles de misterio se alzaban constantemente contra el oeste mientras el bajo sol septentrional del mediodía o el sol meridional de medianoche, aún más bajo en el horizonte, vertían sus brumosos rayos rojizos sobre la nieve blanca, los carriles de hielo y agua azulados y los trozos negros de ladera de granito expuesta. A través de las desoladas cumbres barrían furiosas ráfagas intermitentes del terrible viento antártico; cuyas cadencias a veces contenían vagas sugerencias de un gorjeo musical salvaje y a medias sensible, con notas que se extendían en una amplia gama, y que por alguna razón mnemotécnica subconsciente me parecían inquietantes e incluso tenuemente terribles. Algo en la escena me recordaba a las extrañas e inquietantes pinturas asiáticas de Nicholas Roerich, y a las aún más extrañas e inquietantes descripciones de la maléfica meseta de fábula de Leng que aparecen en el temido *Necronomicón* del loco árabe Abdul Alhazred. Más tarde me arrepentí bastante de haber hojeado aquel monstruoso libro en la biblioteca del colegio.

El 7 de noviembre, habiendo perdido temporalmente de vista la cordillera del oeste, pasamos por la isla Franklin; y al día siguiente divisamos los conos de los montes Erebus y Terror en la isla Ross por delante, con la larga línea de los montes Parry más allá. Ahora se extendía hacia el este la línea baja y blanca de la gran barrera de hielo; elevándose perpendicularmente hasta una altura de 200 pies como los acantilados rocosos de Quebec, y marcando el final de la navegación hacia el sur. Por la tarde entramos en el estrecho de McMurdo y nos situamos frente a la costa, a sotavento del humeante monte Erebus. El escoriado pico se alzaba unos 12.700 pies contra el cielo oriental, como una estampa japonesa del sagrado Fujiyama; mientras que más allá se elevaba la altura blanca y fantasmal del monte Terror, de 10.900 pies de altitud, y ya extinguido como volcán. Las bocanadas de humo del Erebus llegaban a intervalos, y uno de los asistentes graduados —un joven brillante llamado Danforth— señaló lo que parecía lava en la ladera nevada; observando que esta montaña, descubierta en 1840, había sido sin duda la fuente de la imagen de Poe cuando escribió siete años más tarde

«... las lavas que ruedan inquietas
sus corrientes sulfurosas bajan por Yaanek,
en los últimos climas del polo...
que gimen al rodar por el monte Yaanek,
en los reinos del polo boreal».

Danforth era un gran lector de material extraño, y había hablado mucho de Poe. A mí también me interesaba el escenario antártico del único relato largo de Poe: el inquietante y enigmático Arthur Gordon Pym. En la árida orilla, y en la elevada barrera de hielo del fondo, miríadas de grotescos pingüinos graznaban y agitaban sus aletas; mientras que en el agua se veían muchas focas gordas, nadando o despatarrándose sobre grandes tortas de hielo a la deriva, lentamente.

Utilizando pequeñas embarcaciones, efectuamos un difícil desembarco en la isla de Ross poco después de la medianoche del día 9 por la mañana, llevando una línea de cable desde cada uno de los barcos y preparándonos para descargar los suministros mediante un dispositivo de boyas. Nuestras sensaciones al pisar por primera vez suelo antártico fueron conmovedoras y complejas, a pesar de que en este punto concreto nos habían precedido las expediciones de Scott y Shackleton. Nuestro campamento en la orilla helada bajo la ladera del volcán era sólo provisional; el cuartel general se mantenía a bordo del Arkham. Desembarcamos todos nuestros aparatos de perforación, perros, trineos, tiendas de campaña, provisiones, tanques de gasolina, equipo experimental para derretir hielo, cámaras tanto ordinarias como aéreas, partes de aeroplanos y otros accesorios, incluyendo tres pequeños equipos inalámbricos portátiles (además de los de los aviones) capaces de comunicarse con el gran equipo del Arkham desde cualquier parte del continente antártico que pudiéramos visitar. El equipo del barco, comunicado con el exterior, debía transmitir los informes de prensa a la potente estación inalámbrica del Arkham Advertiser en Kingsport Head, Massachusetts. Esperábamos completar nuestro trabajo durante un solo verano antártico; pero si esto resultaba imposible pasaríamos el invierno en el Arkham, enviando el Miskatonic al norte antes de la congelación de los hielos para aprovisionarnos otro verano.

No necesito repetir lo que los periódicos ya han publicado sobre nuestros primeros trabajos: nuestra ascensión al monte Erebus; nuestras exitosas perforaciones de minerales en varios puntos de la isla Ross y la singular rapidez con la que el aparato de Pabodie las realizó, incluso a través de sólidas capas de roca; nuestra prueba provisional del pequeño equipo para fundir hielo; nuestra peligrosa ascensión a la gran barrera con trineos y suministros; y nuestro montaje final de cinco enormes aeroplanos en el campamento en lo alto de la barrera. La salud de nuestro grupo de tierra —veinte hombres y cincuenta y cinco perros de trineo de Alaska— era notable, aunque por supuesto hasta entonces no habíamos encontrado temperaturas ni tormentas de viento realmente destructivas. En su mayor parte, el termómetro oscilaba entre cero y 20° o 25° por encima de cero, y nuestra experiencia con los inviernos de Nueva Inglaterra nos había acostumbrado a rigores de este tipo. El campamento barrera era semipermanente y estaba destinado a ser un almacén de gasolina, provisiones, dinamita y otros suministros. Sólo se necesitaron cuatro de nuestros aviones para transportar el material de exploración propiamente dicho, el quinto se dejó con un piloto y dos hombres de los barcos en el alijo de almacenamiento para que constituyeran un medio de llegar desde el Arkham en caso de que se perdieran todos nuestros aviones de exploración. Más tarde, cuando no utilizáramos todos los demás aviones para trasladar aparatos, emplearíamos uno o dos en un servicio de transporte lanzadera entre este alijo y otra base permanente en la gran meseta, 600 a 700 millas hacia el sur, más allá del glaciar Beardmore. A pesar de los relatos casi unánimes de vientos espantosos y tempestades que bajan de la meseta, decidimos prescindir de las bases intermedias; arriesgarnos en aras de la economía y de una probable eficacia.

Los informes inalámbricos han hablado del impresionante vuelo sin escalas de cuatro horas de nuestra escuadrilla el 21 de noviembre sobre la elevada plataforma de hielo, con vastos picos elevándose al oeste, y los insondables silencios resonando al son de nuestros motores. El viento sólo nos molestó moderadamente, y nuestras radiocompases nos ayudaron a atravesar la única niebla opaca que encontramos. Cuando la inmensa elevación se perfiló ante nosotros, entre las latitudes 83° y 84°, supimos que habíamos llegado al glaciar Beardmore, el mayor glaciar de valle del mundo, y que el mar helado daba paso ahora a una costa ceñuda y montañosa. Por fin estábamos entrando de verdad en el mundo blanco y muerto como un eón del último sur, e incluso cuando nos dimos cuenta vimos el pico del monte Nansen en la distancia oriental, elevándose hasta su altura de casi 15.000 pies.

El exitoso establecimiento de la base sur por encima del glaciar en la latitud 86° 7', longitud este 174° 23', y las perforaciones y voladuras fenomenalmente rápidas y eficaces realizadas en varios puntos alcanzados por nuestros viajes en trineo y cortos vuelos en aeroplano, son asuntos de historia; como lo es la ardua y triunfante ascensión al monte Nansen por Pabodie y dos de los estudiantes graduados —Gedney y Carroll— del 13 al 15 de diciembre. Estábamos a unos 8.500 pies sobre el nivel del mar, y cuando las perforaciones experimentales revelaron suelo sólido a sólo doce pies de profundidad a través de la nieve y el hielo en ciertos puntos, hicimos un uso considerable del pequeño aparato de fusión y perforamos y dinamitamos en muchos lugares donde ningún explorador anterior había pensado en conseguir especímenes minerales. Los granitos precámbricos y las areniscas de baliza así obtenidos confirmaron nuestra creencia de que esta meseta era homogénea con el gran grueso del continente situado al oeste, pero algo diferente de las partes situadas al este, por debajo de Sudamérica, que entonces pensábamos que formaban un continente separado y más pequeño dividido del mayor por una unión helada de los mares de Ross y Weddell, aunque Byrd ha refutado desde entonces la hipótesis.

En algunas de las areniscas, dinamitadas y cinceladas después de que la perforación revelara su naturaleza, encontramos algunas marcas y fragmentos fósiles de gran interés —sobre todo helechos, algas marinas, trilobites, crinoideos y moluscos como língulas y gasterópodos—, todos los cuales parecían de verdadera importancia en relación con la historia primordial de la región. También había una extraña marca triangular y estriada de un pie de diámetro que Lake reconstruyó a partir de tres fragmentos de pizarra extraídos de una profunda abertura. Estos fragmentos procedían de un punto hacia el oeste, cerca de la cordillera Queen Alexandra; y a Lake, como biólogo, le pareció que su curiosa marca era inusualmente desconcertante y provocativa, aunque a mi ojo geológico no se parecía en nada a algunos de los efectos de ondulación razonablemente comunes en las rocas sedimentarias. Puesto que la pizarra no es más que una formación metamórfica en la que se presiona un estrato sedimentario, y puesto que la propia presión produce extraños efectos distorsionadores en las marcas que puedan existir, no vi motivo alguno para asombrarme en extremo por la depresión estriada.

El 6 de enero de 1931, Lake, Pabodie, Danforth, los seis estudiantes, cuatro mecánicos y yo sobrevolamos directamente el polo sur en dos de los grandes aviones, viéndonos obligados a descender una vez por un repentino viento fuerte que afortunadamente no se convirtió en una tormenta típica. Este fue, como se ha dicho en los periódicos, uno de varios vuelos de observación, durante otros de los cuales intentamos discernir nuevos rasgos topográficos en zonas no alcanzadas por exploradores anteriores. Nuestros primeros vuelos fueron decepcionantes en este último aspecto; aunque nos proporcionaron algunos magníficos ejemplos de los espejismos ricamente fantásticos y engañosos de las regiones polares, de los que nuestro viaje por mar nos había dado algunos breves presentimientos. Montañas lejanas flotaban en el cielo como ciudades encantadas, y a menudo todo el mundo blanco se disolvía en una tierra dorada, plateada y escarlata de sueños dunsanianos y expectación aventurera bajo la magia del sol bajo de medianoche. En los días nublados teníamos considerables problemas para volar, debido a la tendencia de la tierra y el cielo nevados a fundirse en un místico vacío opalescente sin horizonte visible que marcara la unión de ambos.

Al final decidimos llevar a cabo nuestro plan original de volar 500 millas hacia el este con los cuatro aviones de exploración y establecer una nueva sub-base en un punto que probablemente estaría en la división continental más pequeña, tal y como la concebimos erróneamente. Los especímenes geológicos obtenidos allí serían deseables a efectos de comparación. Nuestra salud hasta el momento se había mantenido excelente; el zumo de lima compensaba bien la dieta constante de comida enlatada y salada, y las temperaturas generalmente por encima de cero nos permitían prescindir de nuestras pieles más gruesas. Ahora estábamos en pleno verano, y con prisa y cuidado podríamos concluir el trabajo en marzo y evitar un tedioso periodo invernal durante la larga noche antártica. Varias tormentas de viento salvajes habían irrumpido sobre nosotros desde el oeste, pero habíamos escapado a los daños gracias a la habilidad de Atwood para idear rudimentarios refugios para los aeroplanos y cortavientos de pesados bloques de nieve, y reforzar con nieve los principales edificios del campamento. Nuestra buena suerte y eficacia habían sido realmente casi asombrosas.

El mundo exterior conocía, por supuesto, nuestro programa, y se le informó también de la extraña y tenaz insistencia de Lake en realizar un viaje de prospección hacia el oeste —o mejor dicho, hacia el noroeste— antes de nuestro cambio radical a la nueva base. Parece que había reflexionado mucho, y con una audacia alarmantemente radical, sobre aquella marca estriada triangular en la pizarra; leyendo en ella ciertas contradicciones de la Naturaleza y del período geológico que avivaron al máximo su curiosidad y le tornaron ávido de realizar más sondeos y voladuras en la formación que se extendía hacia el oeste y a la que pertenecían evidentemente los fragmentos exhumados. Estaba extrañamente convencido de que la marca era la huella de algún organismo voluminoso, desconocido y radicalmente inclasificable de evolución considerablemente avanzada, a pesar de que la roca que la presentaba era de una fecha tan enormemente antigua —cámbrica si no realmente precámbrica— como para excluir la probable existencia no sólo de toda vida altamente evolucionada, sino de cualquier vida en absoluto por encima del estadio unicelular o como mucho del trilobite. Estos fragmentos, con su extraña marca, debían de tener entre 500 y mil millones de años.

II

La imaginación popular, a mi juicio, respondió activamente a nuestros boletines inalámbricos sobre la partida de Lake hacia el noroeste, hacia regiones nunca holladas por el pie humano ni penetradas por la imaginación humana; sin mencionar sus locas esperanzas de revolucionar toda la ciencia de la biología y la geología. Su viaje preliminar de trineo y sondeo del 11 al 18 de enero con Pabodie y otras cinco personas —marcado por la pérdida de dos perros en un vuelco al cruzar una de las grandes crestas de presión en el hielo— había sacado a la luz más y más de la pizarra arcaica; e incluso yo estaba interesado por la singular profusión de marcas fósiles evidentes en ese estrato increíblemente antiguo. Estas marcas, sin embargo, eran de formas de vida muy primitivas que no implicaban ninguna gran paradoja excepto que cualquier forma de vida se diera en una roca tan definitivamente precámbrica como parecía ser ésta; de ahí que siguiera sin ver el buen sentido de la demanda de Lake de un interludio en nuestro programa para ahorrar tiempo; un interludio que requería el uso de los cuatro aviones, muchos hombres y todo el aparato mecánico de la expedición. Al final no veté el plan, aunque decidí no acompañar al grupo hacia el noroeste a pesar de la petición de Lake de mi asesoramiento geológico. Mientras ellos estaban fuera, yo permanecería en la base con Pabodie y cinco hombres y elaboraría los planes finales para el traslado hacia el este. En preparación de este traslado uno de los aviones había empezado a subir un buen suministro de gasolina desde el estrecho de McMurdo; pero esto podía esperar un poco. Llevaba conmigo un trineo y nueve perros, ya que no es prudente quedarse en ningún momento sin transporte posible en un mundo totalmente desprovisto de habitantes y muerto por eones.

La subexpedición de Lake hacia lo desconocido, como todos recordarán, enviaba sus propios informes desde los transmisores de onda corta de los aviones; éstos eran captados simultáneamente por nuestros aparatos en la base sur y por el Arkham en el estrecho de McMurdo, desde donde se retransmitían al mundo exterior en longitudes de onda de hasta cincuenta metros. La salida se produjo el 22 de enero a las 4 de la mañana; y el primer mensaje inalámbrico que recibimos llegó sólo dos horas más tarde, cuando Lake habló de descender e iniciar un deshielo y perforación a pequeña escala en un punto situado a unas 300 millas de nosotros. Seis horas después de eso, un segundo y muy excitado mensaje relataba el frenético trabajo, parecido al de un castor, por el que se había hundido y volado un pozo poco profundo; culminando con el descubrimiento de fragmentos de pizarra con varias marcas aproximadamente como la que había causado el desconcierto original.

Tres horas más tarde, un breve boletín anunciaba la reanudación del vuelo en los dientes de un crudo y punzante vendaval; y cuando envié un mensaje de protesta contra nuevos peligros, Lake me contestó secamente que sus nuevos especímenes hacían que valiera la pena correr cualquier riesgo. Vi que su excitación había llegado al punto del motín, y que yo no podía hacer nada para frenar este riesgo precipitado contra el éxito de toda la expedición; pero era espantoso pensar en su inmersión cada vez más profunda en aquella traicionera y siniestra inmensidad blanca de tempestades y misterios insondables que se extendía a lo largo de unas 1500 millas hasta la línea costera medio conocida, medio sospechosa, de las Tierras de la Reina María y Knox.

Luego, en una hora y media más, llegó ese mensaje doblemente emocionado del avión en movimiento de Lake que casi invirtió mis sentimientos y me hizo desear haber acompañado a la partida.

«10:05 P.M. En vuelo. Tras la tormenta de nieve, hemos divisado más adelante una cadena montañosa más alta que ninguna vista hasta ahora. Puede igualar al Himalaya teniendo en cuenta la altura de la meseta. Latitud probable 76° 15′, Longitud 113° 10′ E. Alcanza hasta donde se puede ver a derecha e izquierda. Sospecha de dos conos humeantes. Todos los picos negros y desnudos de nieve. El vendaval que sopla impide la navegación».

Después, Pabodie, los hombres y yo nos colgamos sin aliento del receptor. Pensar en esta titánica muralla montañosa a 700 millas de distancia inflamaba nuestro más profundo sentido de la aventura; y nos regocijábamos de que nuestra expedición, si no nosotros personalmente, hubiéramos sido sus descubridores. En media hora Lake volvió a llamarnos.

«El avión de Moulton sufrió un aterrizaje forzoso en una meseta en las estribaciones, pero nadie resultó herido y quizá pueda repararse. Transferiremos lo esencial a los otros tres para el regreso o nuevos desplazamientos si es necesario, pero por ahora no se necesitan más viajes pesados en avión. Las montañas superan todo lo imaginable. Subiré a explorar en el avión de Carroll, con todo el peso fuera. No se puede imaginar nada igual. Los picos más altos deben superar los 35.000 pies. Everest fuera de competencia. Atwood calculará la altura con el teodolito mientras Carroll y yo subimos. Probablemente me equivoque sobre los conos, pues las formaciones parecen estratificadas. Posiblemente pizarra precámbrica con otros estratos mezclados. Extraños efectos en la línea del horizonte: secciones regulares de cubos aferrados a los picos más altos. Todo maravilloso a la luz rojiza y dorada del sol bajo. Como la tierra del misterio en un sueño o la puerta a un mundo prohibido de maravillas sin explorar. Ojalá estuviera aquí para estudiarlo».

Aunque técnicamente era la hora de dormir, ninguno de los oyentes pensó ni por un momento en retirarse. Debió de ocurrir lo mismo en el estrecho de McMurdo, donde el alijo de suministros y el Arkham también recibían los mensajes; porque el Capitán Douglas emitió una llamada felicitando a todos por el importante hallazgo, y Sherman, el operador del alijo, secundó sus sentimientos. Lamentamos, por supuesto, lo del aeroplano dañado; pero esperábamos que se pudiera arreglar fácilmente. Entonces, a las 11 de la noche, llegó otra llamada de Lake.

«Arriba con Carroll por las estribaciones más altas. No me atrevo a intentar picos realmente altos con el tiempo actual, pero lo haré más tarde. Un trabajo espantoso escalando, y duro a esta altitud, pero merece la pena. Gran cordillera bastante sólida, por lo que no se puede vislumbrar más allá. Las cumbres principales superan al Himalaya, y son muy extrañas. La cordillera parece pizarra precámbrica, con signos claros de muchos otros estratos levantados. Estaba equivocado sobre el vulcanismo. Va más lejos en cualquier dirección de lo que podemos ver. Barrida de nieve por encima de unos 21.000 pies. Formaciones extrañas en las laderas de las montañas más altas. Grandes bloques cuadrados bajos con lados exactamente verticales, y líneas rectangulares de murallas verticales bajas, como los antiguos castillos asiáticos aferrados a montañas escarpadas de los cuadros de Roerich. Impresionante desde la distancia. Volé cerca de algunos y Carroll pensó que estaban formados por piezas separadas más pequeñas, pero probablemente se trate de la meteorización. La mayoría de los bordes se desmoronaron y redondearon como si hubieran estado expuestos a tormentas y cambios climáticos durante millones de años. Algunas partes, sobre todo las superiores, parecen ser de roca de color más claro que los estratos visibles en las laderas propiamente dichas, de ahí un origen evidentemente cristalino. Volando de cerca se ven muchas bocas de cueva, algunas de contorno inusualmente regular, cuadradas o semicirculares. Debe venir a investigar. Creo haber visto una muralla en la cima de un pico. La altura parece de unos 30.000 a 35.000 pies. Yo mismo estoy a 21.500, con un frío de diablos. El viento silba y se cuela por los pasos y entra y sale de las cuevas, pero hasta ahora no hay peligro de vuelo».

A partir de entonces y durante otra media hora, Lake mantuvo un fuego continuo de comentarios y expresó su intención de escalar algunos de los picos a pie. Le contesté que me uniría a él en cuanto pudiera enviar un avión, y que Pabodie y yo elaboraríamos el mejor plan de gasolina: dónde y cómo concentrar nuestro suministro en vista del carácter alterado de la expedición. Obviamente, las operaciones de perforación de Lake, así como sus actividades con el aeroplano, necesitarían una gran cantidad suministrada para la nueva base que iba a establecer al pie de las montañas; y era posible que el vuelo hacia el este no se realizara después de todo esta temporada. En relación con este asunto llamé al Capitán Douglas y le pedí que sacara todo lo posible de los barcos y subiera la barrera con el único equipo de perros que habíamos dejado allí. Una ruta directa a través de la región desconocida entre el lago y el estrecho de McMurdo era lo que realmente debíamos establecer.

Lake me llamó más tarde para decirme que había decidido que el campamento permaneciera donde el avión de Moulton había sido forzado a descender, y donde las reparaciones ya habían progresado algo. La capa de hielo era muy delgada, con tierra oscura visible aquí y allá, y él haría algunas perforaciones y voladuras en ese mismo punto antes de hacer cualquier viaje en trineo o expedición de escalada. Habló de la inefable majestuosidad de toda la escena, y del extraño estado de sus sensaciones al encontrarse a sotavento de vastos pináculos silenciosos cuyas filas se alzaban como una muralla que alcanzaba el cielo en el borde del mundo. Las observaciones del teodolito de Atwood habían situado la altura de los cinco picos más altos entre los 30.000 y los 34.000 pies. La naturaleza azotada por el viento del terreno molestaba claramente a Lake, pues argumentaba la existencia ocasional de prodigiosos vendavales violentos más allá de todo lo que habíamos encontrado hasta entonces. Su campamento se encontraba a poco más de cinco millas de donde se elevaban abruptamente las estribaciones más altas. Casi pude rastrear una nota de alarma subconsciente en sus palabras —destelladas a través de un vacío glacial de 700 millas— cuando nos instó a que todos nos apresuráramos con el asunto y nos deshiciéramos de la nueva y extraña región lo antes posible. Ahora estaba a punto de descansar, tras una jornada continua de trabajo de una velocidad, un esfuerzo y unos resultados casi sin parangón.

Por la mañana tuve una conversación inalámbrica a tres bandos con Lake y el Capitán Douglas en sus bases, muy separadas entre sí; y se acordó que uno de los aviones de Lake vendría a mi base para Pabodie, los cinco hombres y yo, así como para todo el combustible que pudiera transportar. El resto de la cuestión del combustible, dependiendo de nuestra decisión sobre un viaje hacia el este, podría esperar unos días; ya que Lake tenía suficiente para la calefacción inmediata del campamento y las perforaciones. Con el tiempo habría que reabastecer la vieja base sur; pero si aplazábamos el viaje hacia el este no la utilizaríamos hasta el verano siguiente, y mientras tanto Lake debía enviar un avión para explorar una ruta directa entre sus nuevas montañas y el estrecho de McMurdo.

Pabodie y yo nos preparamos para cerrar nuestra base durante un periodo corto o largo, según el caso. Si invernábamos en la Antártida probablemente volaríamos directamente de la base de Lake a la de Arkham sin regresar a este lugar. Algunas de nuestras tiendas cónicas ya habían sido reforzadas con bloques de nieve dura, y ahora decidimos completar el trabajo y hacer un poblado esquimal permanente. Gracias a un suministro de tiendas muy liberal, Lake tenía con él todo lo que su base necesitaría incluso después de nuestra llegada. Le comuniqué por radio que Pabodie y yo estaríamos listos para el desplazamiento hacia el noroeste después de un día de trabajo y una noche de descanso.

Nuestras labores, sin embargo, no fueron muy constantes después de las 4 de la tarde; pues hacia esa hora Lake empezó a enviar los mensajes más extraordinarios y excitados. Su jornada de trabajo había comenzado de forma poco propicia, ya que un reconocimiento en aeroplano de las superficies rocosas casi expuestas mostró una ausencia total de esos estratos arcaicos y primordiales que buscaba y que formaban una parte tan importante de los colosales picos que se alzaban a una distancia atractiva del campamento. La mayoría de las rocas vislumbradas eran aparentemente areniscas jurásicas y comanchianas y esquistos pérmicos y triásicos, con de vez en cuando un afloramiento negro brillante que sugería un carbón duro y pizarroso. Esto desanimó bastante a Lake, cuyos planes giraban en torno a desenterrar especímenes más de 500 millones de años más antiguos. Tenía claro que para recuperar la veta de pizarra del Arcaico en la que había encontrado las extrañas marcas, tendría que hacer un largo viaje en trineo desde estas estribaciones hasta las escarpadas laderas de las gigantescas montañas propiamente dichas.

Había resuelto, no obstante, hacer algunas perforaciones locales como parte del programa general de la expedición; por ello preparó el taladro y puso a cinco hombres a trabajar con él mientras el resto terminaba de asentar el campamento y reparar el aeroplano averiado. La roca visible más blanda —una arenisca a un cuarto de milla del campamento— había sido elegida para el primer muestreo; y el taladro hizo excelentes progresos sin necesidad de muchas voladuras suplementarias. Fue unas tres horas después, tras la primera voladura realmente fuerte de la operación, cuando se oyeron los gritos del equipo de perforación; y cuando el joven Gedney —el capataz en funciones— entró corriendo en el campamento con la sorprendente noticia.

Habían dado con una cueva. Al principio de la perforación, la arenisca había dado paso a una veta de caliza comanchiana llena de diminutos cefalópodos fósiles, corales, equinios y espiríferas, y con sugerencias ocasionales de esponjas silíceas y huesos de vertebrados marinos —estos últimos probablemente de teliostros, tiburones y ganoideos. Esto en sí mismo era suficientemente importante, ya que proporcionaba los primeros fósiles de vertebrados que la expedición había conseguido hasta entonces; pero cuando poco después el cabezal de perforación cayó a través del estrato en un aparente vacío, una oleada de excitación totalmente nueva y doblemente intensa se extendió entre los excavadores. Una explosión de buen tamaño había abierto el secreto subterráneo; y ahora, a través de una abertura dentada de quizás cinco pies de diámetro y tres pies de grosor, se abría ante los ávidos buscadores una sección de cavidad caliza poco profunda desgastada hace más de cincuenta millones de años por el goteo de las aguas subterráneas de un mundo tropical pasado.

La capa hueca no tenía más de siete u ocho pies de profundidad, pero se extendía indefinidamente en todas direcciones y tenía un aire fresco y ligeramente movido que sugería su pertenencia a un extenso sistema subterráneo. Su techo y suelo estaban abundantemente equipados con grandes estalactitas y estalagmitas, algunas de las cuales se reunían en forma de columna; pero importante por encima de todo era el vasto depósito de conchas y huesos que en algunos lugares casi ahogaba el paso. Lavado desde desconocidas selvas de helechos arborescentes y hongos mesozoicos, y bosques de cícadas terciarias, palmeras de abanico y angiospermas primitivas, este popurrí óseo contenía representantes de más especies animales cretácicas, eocenas y de otros tipos de las que el mejor paleontólogo podría haber contado o clasificado en un año. Moluscos, armaduras de crustáceos, peces, anfibios, reptiles, aves y mamíferos primitivos, grandes y pequeños, conocidos y desconocidos. No es de extrañar que Gedney corriera de vuelta al campamento gritando, y no es de extrañar que todos los demás dejaran el trabajo y corrieran de cabeza a través del frío cortante hacia donde la alta torre de perforación marcaba una nueva puerta de acceso a los secretos del interior de la tierra y de los eones desaparecidos.

Cuando Lake hubo satisfecho el primer ápice de su curiosidad, garabateó un mensaje en su cuaderno e hizo que el joven Moulton volviera corriendo al campamento para despacharlo por radio. Era la primera noticia que tenía del descubrimiento, y en él se hablaba de la identificación de conchas primitivas, huesos de ganoideos y placodermos, restos de labyrinthodontos y thecodontos, grandes fragmentos de cráneo de mososaurio, vértebras y placas de armadura de dinosaurio, dientes y huesos de alas de pterodáctilos, restos de archaeopteryx, dientes de tiburones del Mioceno, cráneos de aves primitivas y cráneos, vértebras y otros huesos de mamíferos arcaicos como paleoterios, xifodontes, dinocerasas, eohippi, oreodontes y titanoterios. No había nada tan reciente como un mastodonte, un elefante, un verdadero camello, un ciervo o un animal bovino; de ahí que Lake concluyera que los últimos depósitos se habían producido durante el Oligoceno, y que el estrato ahuecado había permanecido en su actual estado seco, muerto e inaccesible durante al menos treinta millones de años.

Por otra parte, la prevalencia de formas de vida muy tempranas era singular en grado sumo. Aunque la formación caliza era, por la evidencia de fósiles incrustados tan típicos como los ventriculites, positiva e inequívocamente comanchiana y ni una partícula anterior; los fragmentos libres en el espacio hueco incluían una sorprendente proporción de organismos considerados hasta entonces como propios de periodos mucho más antiguos, incluso peces rudimentarios, moluscos y corales tan remotos como del Silúrico o del Ordovícico. La inferencia inevitable era que en esta parte del mundo se había producido un grado de continuidad notable y único entre la vida de hace más de 300 millones de años y la de hace sólo treinta millones de años. Hasta qué punto esta continuidad se había extendido más allá de la época del Oligoceno, cuando se cerró la caverna, estaba, por supuesto, más allá de toda especulación. En cualquier caso, la llegada de los espantosos hielos en el Pleistoceno hace unos 500.000 años —un mero ayer en comparación con la edad de esta cavidad— debió de poner fin a cualquiera de las formas primigenias que habían logrado sobrevivir localmente a sus términos comunes.

Lake no se contentó con dejar pasar su primer mensaje, sino que hizo redactar otro boletín y lo despachó a través de la nieve hasta el campamento antes de que Moulton pudiera regresar. Después de eso, Moulton se quedó en el inalámbrico de uno de los aviones, transmitiéndome —y transmitiendo al Arkham para que lo retransmitiera al mundo exterior— los frecuentes posdatas que Lake le enviaba por medio de una sucesión de mensajeros. Aquellos que siguieron los periódicos recordarán la excitación creada entre los hombres de ciencia por los informes de aquella tarde —informes que finalmente han conducido, después de todos estos años, a la organización de esa misma Expedición Starkweather-Moore a la que estoy tan ansioso por disuadir de sus propósitos. Será mejor que exponga los mensajes literalmente tal y como Lake los envió, y tal y como nuestro operador de base McTighe los tradujo de su taquigrafía a lápiz.

«Fowler hace un descubrimiento de la mayor importancia en fragmentos de arenisca y caliza procedentes de voladuras. Varias huellas estriadas triangulares distintas como las de la pizarra arcaica, lo que prueba que la fuente sobrevivió desde hace más de 600 millones de años hasta la época comanchiana sin más que cambios morfológicos moderados y disminución del tamaño medio. Huellas comanchianas aparentemente más primitivas o decadentes, si cabe, que las más antiguas. Destaca la importancia del descubrimiento en la prensa. Significará para la biología lo que Einstein ha significado para las matemáticas y la física. Se une a mi trabajo anterior y amplía las conclusiones. Parece indicar, como yo sospechaba, que la Tierra ha visto todo un ciclo o ciclos de vida orgánica antes del conocido que comienza con las células arqueozoicas. Evolucionó y se especializó hace no más de mil millones de años, cuando el planeta era joven y recientemente inhabitable para cualquier forma de vida o estructura protoplásmica normal. Se plantea la cuestión de cuándo, dónde y cómo tuvo lugar el desarrollo».

***

«Más tarde. Examinando ciertos fragmentos esqueléticos de grandes saurios terrestres y marinos y mamíferos primitivos, encuentro heridas o lesiones locales singulares en la estructura ósea no atribuibles a ningún animal depredador o carnívoro conocido de ningún período. Son de dos tipos: perforaciones rectas y penetrantes e incisiones aparentemente cortantes. Uno o dos casos de hueso limpiamente seccionado. No hay muchos ejemplares afectados. Estoy enviando al campamento antorchas eléctricas. Ampliaré el área de búsqueda bajo tierra cortando estalactitas».

***

«Aún más tarde. He encontrado un peculiar fragmento de esteatita de unas seis pulgadas de diámetro y una pulgada y media de grosor, totalmente distinto a cualquier formación local visible. Es verdosa, pero no hay evidencias para situar su período. Tiene una suavidad y regularidad curiosas. Tiene forma de estrella de cinco puntas con las puntas rotas y signos de otras hendiduras en los ángulos interiores y en el centro de la superficie. Pequeña depresión lisa en el centro de la superficie intacta. Despierta mucha curiosidad en cuanto a su origen y exposición a los elementos. Probablemente algún fenómeno de la acción del agua. Carroll, con lupa, cree distinguir marcas adicionales de importancia geológica. Grupos de puntos diminutos en patrones regulares. Los perros se inquietan a medida que trabajamos y parecen odiar esta esteatita. Hay que ver si tiene algún olor peculiar. Informaré de nuevo cuando Mills vuelva con luz y empecemos en la zona subterránea».

***

«10:15 P.M. Importante descubrimiento. Orrendorf y Watkins, trabajando bajo tierra a las 9:45 con luz, encontraron un monstruoso fósil en forma de barril de naturaleza totalmente desconocida; probablemente vegetal a menos que se trate de un espécimen de radiata marina desconocida. Tejido evidentemente conservado por sales minerales. Duro como el cuero, pero conserva una asombrosa flexibilidad en algunas partes. Marcas de partes rotas en los extremos y alrededor de los lados. Seis pies de extremo a extremo, 3,5 pies de diámetro central, estrechándose a 1 pie en cada extremo. Como un barril con cinco crestas abultadas en lugar de duelas. Las roturas laterales, como de tallos delgados, están en el ecuador en medio de estas crestas. En los surcos entre las crestas hay curiosos crecimientos. Peines o alas que se pliegan y extienden como abanicos. Todas muy dañadas menos una, que da casi siete pies de extensión a las alas. La disposición recuerda a la de ciertos monstruos de los mitos primigenios, especialmente las legendarias Cosas Mayores del *Necronomicón*. Estas alas parecen ser membranosas, estiradas sobre un armazón de tubos glandulares. Aparentes orificios diminutos en el entramado de tubos en las puntas de las alas. Extremos del cuerpo arrugados, sin dar ninguna pista sobre el interior o sobre lo que se ha roto allí. Hay que diseccionar cuando volvamos al campamento. No puedo decidir si es vegetal o animal. Muchos rasgos obviamente de un primitivismo casi increíble. He puesto a todos a cortar estalactitas y buscar más especímenes. Se han encontrado más huesos con cicatrices, pero deben esperar. Tengo problemas con los perros. No pueden soportar el nuevo espécimen, y probablemente lo harían pedazos si no lo mantuviéramos a distancia de ellos».

***

«11:30 P.M. Atención, Dyer, Pabodie, Douglas. Asunto de máxima —podría decir trascendental— importancia. Arkham debe retransmitir a la estación principal de Kingsport de inmediato. Extraño crecimiento de barril es lo arcaico que dejó huellas en las rocas. Mills, Boudreau y Fowler descubren un grupo de trece más en un punto subterráneo a cuarenta pies de la abertura. Mezclados con fragmentos de esteatita curiosamente redondeados y configurados, más pequeños que uno hallado anteriormente, con forma de estrella pero sin marcas de rotura excepto en algunas de las puntas. De los especímenes orgánicos, ocho aparentemente perfectos, con todos los apéndices. Los hemos sacado todos a la superficie, alejando a los perros. No pueden soportar las cosas. Preste mucha atención a la descripción y repítala para comprobar su exactitud. Los periódicos deben reportar correctamente.

«Los objetos miden ocho pies de largo en su totalidad. Torso de barril de 3,5 pies de diámetro central, extremos de un pie de diámetro. Gris oscuro, flexible e infinitamente resistente. Alas membranosas de siete pies del mismo color, que se encuentran plegadas, extendidas fuera de los surcos entre las crestas. Estructura de las alas tubular o glandular, de color gris más claro, con orificios en los extremos de las alas. Las alas extendidas tienen el borde dentado. Alrededor del ecuador, uno en el vértice central de cada una de las cinco crestas verticales en forma de duela, hay cinco sistemas de brazos o tentáculos flexibles de color gris claro que se encuentran plegados firmemente al torso pero expansibles hasta una longitud máxima de más de 3 pies. Como los brazos de un crinoideo primitivo. Los tallos simples de 3 pulgadas de diámetro se ramifican después de 6 pulgadas en cinco subtallos, cada uno de los cuales se ramifica después de 8 pulgadas en cinco tentáculos o zarcillos pequeños y afilados, dando a cada tallo un total de 25 tentáculos.

«En la parte superior del torso, un cuello bulboso romo de color gris más claro con insinuaciones parecidas a las branquias sostiene una cabeza aparente amarillenta en forma de estrella de mar de cinco puntas cubierta de cilios nervudos de tres pulgadas de varios colores prismáticos. Cabeza gruesa e hinchada, de unos 2 pies de punta a punta, con tubos amarillentos flexibles de tres pulgadas que sobresalen de cada punta. Hendidura en el centro exacto de la parte superior, probablemente una abertura para respirar. Al final de cada tubo hay una expansión esférica en la que la membrana amarillenta se enrolla al manipularla para revelar un globo vidrioso e irisado de rojo, evidentemente un ojo. Cinco tubos rojizos ligeramente más largos parten de los ángulos internos de la cabeza en forma de estrella de mar y terminan en hinchazones en forma de saco del mismo color que al presionar se abren en orificios acampanados de 2 pulgadas de diámetro máximo y revestidos de afiladas proyecciones blancas en forma de dientes. Probables bocas.

Todos estos tubos, cilios y puntas de la cabeza de la estrella de mar se encontraron plegados hacia abajo; tubos y puntas aferrados al cuello y torso bulbosos. Flexibilidad sorprendente a pesar de su enorme dureza.

«En la parte inferior del torso existen homólogos toscos pero de funcionamiento diferente de las disposiciones de la cabeza. El pseudocuello bulboso de color gris claro, sin sugerencias branquiales, sostiene una disposición verdosa de estrella de mar de cinco puntas. Brazos robustos y musculosos de 4 pies de largo y que se estrechan de 7 pulgadas de diámetro en la base a unas 2,5 en la punta. A cada punta está unido el extremo pequeño de un triángulo membranoso verdoso de cinco venas de 8 pulgadas de largo y 6 de ancho en el extremo más alejado. Esta es la paleta, aleta o pseudopie que ha dejado huellas en rocas de mil millones a cincuenta o sesenta millones de años de antigüedad. Desde los ángulos interiores de la estrella de mar se proyectan tubos rojizos de dos pies que se estrechan de 3 pulgadas de diámetro en la base a 1 en la punta. Orificios en las puntas. Todas estas partes infinitamente duras y coriáceas, pero extremadamente flexibles. Brazos de cuatro pies con paletas utilizados sin duda para algún tipo de locomoción, marina o de otro tipo. Cuando se mueven, muestran sugerencias de musculatura exagerada. Tal como se encuentran, todas estas proyecciones fuertemente plegadas sobre el pseudocuello y el extremo del torso, en correspondencia con las proyecciones del otro extremo.

«Aún no se puede asignar positivamente al reino animal o al vegetal, pero las probabilidades ahora favorecen al animal. Probablemente representa una evolución increíblemente avanzada del radiata sin pérdida de ciertos rasgos primitivos. Semblanzas de equinodermo inconfundibles a pesar de las evidencias locales contradictorias. Estructura de las alas desconcertante en vista del probable hábitat marino, pero puede tener utilidad en la navegación acuática. La simetría es curiosamente vegetal, lo que sugiere la estructura esencialmente vegetal de arriba abajo en lugar de la estructura animal de delante y detrás. La fecha fabulosamente temprana de su evolución, anterior incluso a los protozoos arqueanos más simples conocidos hasta ahora, desconcierta todas las conjeturas sobre su origen.

«Los especímenes completos tienen un parecido tan asombroso con ciertas criaturas del mito primigenio que la sugerencia de una existencia antigua fuera de la Antártida se hace inevitable. Dyer y Pabodie han leído el *Necronomicón* y han visto las pinturas pesadillescas de Clark Ashton Smith basadas en el texto, y entenderán cuando hablo de Cosas Mayores que supuestamente crearon toda la vida terrestre como una broma o un error. Los estudiantes siempre han pensado que la concepción se formó a partir del tratamiento imaginativo mórbido de la radiata tropical muy antigua. También como las cosas del folclore prehistórico de las que ha hablado Wilmarth: apéndices del culto a Cthulhu, etc.

«Se abre un vasto campo de estudio. Depósitos probablemente de finales del Cretácico o principios del Eoceno, a juzgar por los especímenes asociados. Masivas estalagmitas depositadas sobre ellos. Duro trabajo de excavación, pero la dureza evitó daños. Estado de conservación milagroso, debido evidentemente a la acción de la caliza. No se han encontrado más hasta ahora, pero reanudaremos la búsqueda más tarde. Trabajo ahora para llevar catorce enormes ejemplares al campamento sin perros, que ladran furiosamente y no se puede dejar que se acerquen. Con nueve hombres —quedan tres para vigilar a los perros— deberíamos manejar los tres trineos bastante bien, aunque el viento es malo. Debo establecer comunicación aérea con el estrecho de McMurdo y comenzar a enviar material. Pero tengo que diseccionar una de estas cosas antes de descansar. Ojalá tuviera aquí un laboratorio de verdad. Más vale que Dyer se dé una patada a sí mismo por haber intentado detener mi viaje hacia el oeste. Primero las montañas más grandes del mundo, y luego esto. Si esto último no es el punto culminante de la expedición, no sé qué lo es. Carrera asegurada científicamente. Felicitaciones, Pabodie, por el taladro que abrió la cueva. Ahora, ¿podría Arkham repetir la descripción?»

Las sensaciones de Pabodie y mías al recibir este informe fueron casi indescriptibles, nuestros compañeros no se quedaban lejos en el entusiasmo. McTighe, que había traducido apresuradamente unos pocos puntos importantes a medida que llegaban del zumbante aparato receptor, escribió todo el mensaje a partir de su versión taquigráfica en cuanto el operador de Lake dio el visto bueno. Todos apreciaron la importancia trascendental del descubrimiento, y yo envié a Lake mis felicitaciones tan pronto como el operador del Arkham hubo repetido las partes descriptivas como se le había pedido; y mi ejemplo fue seguido por Sherman desde su puesto en el almacén de suministros de el estrecho de McMurdo, así como por el Capitán Douglas del Arkham. Más tarde, como jefe de la expedición, añadí algunos comentarios para que fueran retransmitidos a través del Arkham al mundo exterior. Por supuesto, descansar era un pensamiento absurdo en medio de esta excitación; y mi único deseo era llegar al campamento de Lake lo antes posible. Me decepcionó cuando me comunicaron que un creciente vendaval de montaña hacía imposible el viaje aéreo temprano.

Pero al cabo de hora y media el interés volvió a desvanecer la decepción. Lake enviaba más mensajes y contaba que el transporte de los catorce grandes ejemplares hasta el campamento había sido todo un éxito. Había sido un tirón duro, pues las cosas eran sorprendentemente pesadas; pero nueve hombres lo habían logrado con gran pulcritud. Ahora algunos del grupo estaban construyendo apresuradamente un corral de nieve a una distancia segura del campamento, al que se podría llevar a los perros para mayor comodidad en la alimentación. Los especímenes fueron colocados sobre la nieve dura cerca del campamento, excepto uno sobre el que Lake estaba haciendo burdos intentos de disección.

Esta disección parecía ser una tarea mayor de lo que se había esperado; pues a pesar del calor de una estufa de gasolina en la recién levantada tienda del laboratorio, los tejidos aparentemente flexibles del espécimen elegido —uno poderoso e intacto— no perdieron nada de su más que correosa dureza. Lake estaba perplejo sobre cómo podría hacer las incisiones necesarias sin una violencia lo suficientemente destructiva como para alterar todas las sutilezas estructurales que buscaba. Tenía, es cierto, siete perfectos especímenes más; pero eran demasiado pocos para utilizarlos imprudentemente a menos que la cueva le proporcionara más tarde un suministro ilimitado. En consecuencia, retiró el espécimen y arrastró uno que, aunque tenía restos de la disposición de las estrellas de mar en ambos extremos, estaba muy aplastado y parcialmente desbaratado a lo largo de uno de los grandes surcos del torso.

Los resultados, comunicados rápidamente por radio, fueron desconcertantes y provocadores. Nada parecido a la delicadeza o la precisión era posible con instrumentos apenas capaces de cortar el tejido anómalo, pero lo poco que se consiguió nos dejó a todos asombrados y perplejos. La biología existente tendría que revisarse por completo, ya que esta cosa no era producto de ningún crecimiento celular conocido por la ciencia. Apenas había habido sustitución mineral y, a pesar de una edad de quizá cuarenta millones de años, los órganos internos estaban totalmente intactos. La cualidad coriácea, no deteriorable y casi indestructible era un atributo inherente a la forma de organización de la cosa; y pertenecía a algún ciclo paleógeno de la evolución de los invertebrados totalmente más allá de nuestros poderes de especulación. Al principio todo lo que Lake encontró estaba seco, pero a medida que la tienda calentada producía su efecto de descongelación, se encontró humedad orgánica de olor acre y ofensivo hacia el lado no lesionado de la cosa. No era sangre, sino un fluido espeso de color verde oscuro que aparentemente respondía al mismo propósito. Cuando Lake llegó a esta etapa, los 37 perros habían sido llevados al corral aún sin terminar cerca del campamento; e incluso a esa distancia lanzaron salvajes ladridos y muestras de inquietud ante el olor acre y difuso.

Lejos de ayudar a situar la extraña entidad, esta disección provisional no hizo sino profundizar su misterio. Todas las conjeturas sobre sus miembros externos habían sido correctas y, a la vista de ellas, apenas se podía dudar en calificar a la cosa de animal; pero la inspección interna aportó tantas evidencias vegetales que Lake se quedó irremediablemente desorientado. Tenía digestión y circulación, y eliminaba la materia de desecho a través de los tubos rojizos de su base en forma de estrella de mar. Someramente, se diría que su aparato respiratorio utilizaba oxígeno en lugar de dióxido de carbono; y había extrañas evidencias de cámaras de almacenamiento de aire y métodos de desplazamiento de la respiración desde el orificio externo hacia al menos otros dos sistemas respiratorios plenamente desarrollados: branquias y poros. Claramente, era anfibio y probablemente también adaptado a largos periodos de hibernación sin aire. Los órganos vocales parecían estar presentes en conexión con el sistema respiratorio principal, pero presentaban anomalías sin solución inmediata. El habla articulada, en el sentido de sílaba-ortografía, parecía apenas concebible; pero las notas musicales de gaitas que cubrían una amplia gama eran muy probables. El sistema muscular estaba casi preternaturalmente desarrollado.

El sistema nervioso era tan complejo y estaba tan desarrollado que dejó atónito a Lake. Aunque excesivamente primitiva y arcaica en algunos aspectos, la cosa tenía un conjunto de centros ganglionares y conectivos que discutían los extremos mismos del desarrollo especializado. Su cerebro de cinco lóbulos era sorprendentemente avanzado; y había indicios de un equipo sensorial, servido en parte a través de los enjutos cilios de la cabeza, en el que intervenían factores ajenos a cualquier otro organismo terrestre. Probablemente tenía más de cinco sentidos, por lo que sus hábitos no podían predecirse a partir de ninguna analogía existente. Debió de ser, pensó Lake, una criatura de aguda sensibilidad y funciones delicadamente diferenciadas en su mundo primigenio; muy parecida a las hormigas y abejas actuales. Se reproducía como las criptógamas vegetales, en especial las pteridofitas; tenía cajas de esporas en las puntas de las alas y evidentemente se desarrollaba a partir de un talo o prótalo.

Pero darle un nombre a estas alturas era una mera locura. Parecía un radiado, pero era claramente algo más. Era en parte vegetal, pero tenía tres cuartas partes de lo esencial de la estructura animal. Que era de origen marino, su contorno simétrico y algunos otros atributos lo indicaban claramente; sin embargo, no se podía ser exacto en cuanto al límite de sus adaptaciones posteriores. Las alas, después de todo, mantenían una persistente sugerencia de lo aéreo. Cómo pudo haber experimentado su evolución tremendamente compleja en una Tierra recién nacida a tiempo para dejar huellas en las rocas arqueanas estaba tan lejos de lo concebible que hizo que Lake recordara caprichosamente los mitos primigenios sobre Grandes Antiguos que se filtraron desde las estrellas y urdieron la vida terrestre como una broma o un error; y los cuentos salvajes de cosas cósmicas de las colinas de Afuera que contaba un colega folclorista del departamento de inglés de Miskatonic.

Naturalmente, consideró la posibilidad de que las huellas precámbricas hubieran sido realizadas por un antepasado menos evolucionado de los ejemplares actuales; pero rechazó rápidamente esta teoría demasiado fácil al considerar las avanzadas cualidades estructurales de los fósiles más antiguos. En todo caso, los contornos posteriores mostraban una decadencia más que una evolución superior. El tamaño de los pseudopies había disminuido y toda la morfología parecía más tosca y simplificada. Además, los nervios y órganos recién examinados presentaban singulares sugerencias de retrogresión a partir de formas aún más complejas. Las partes atrofiadas y vestigiales eran sorprendentemente frecuentes. En conjunto, poco podía decirse que se hubiera resuelto; y Lake recurrió a la mitología en busca de un nombre provisional, apodando jocosamente a sus hallazgos «Los Ancianos».

Hacia 2:30 A.M., habiendo decidido posponer más trabajo y descansar un poco, cubrió el organismo diseccionado con una lona, salió de la tienda del laboratorio y estudió los especímenes intactos con renovado interés. El incesante sol antártico había empezado a entibiar un poco sus tejidos, de modo que las puntas de la cabeza y los tubos de dos o tres mostraban signos de desdoblamiento; pero Lake no creía que hubiera peligro de descomposición inmediata en el aire a casi bajo cero. Sin embargo, acercó todos los especímenes sin disecar y les echó encima una tienda de repuesto para mantenerlos alejados de los rayos solares directos. Eso también ayudaría a mantener su posible olor lejos de los perros, cuyo hostil malestar se estaba convirtiendo realmente en un problema incluso a su considerable distancia y detrás de los muros de nieve cada vez más altos que una cuota creciente de hombres se apresuraba a levantar alrededor de sus alojamientos. Él tuvo que lastrar las esquinas de la tela de la tienda con pesados bloques de nieve para mantenerla en su sitio en medio del creciente vendaval, pues las montañas titánicas parecían a punto de descargar algunas ráfagas gravemente severas. Se reavivaron las primeras aprensiones sobre los repentinos vientos antárticos y, bajo la supervisión de Atwood, se tomaron precauciones para apuntalar con nieve las tiendas, el nuevo corral para perros y los rudimentarios refugios para aviones en la ladera de la montaña. Estos últimos refugios, iniciados con bloques de nieve dura en momentos extraños, no eran en absoluto tan altos como deberían haber sido; y Lake finalmente apartó a todos los operarios de otras tareas para trabajar en ellos.

Eran más de las cuatro cuando Lake se dispuso por fin a despedirse y nos aconsejó a todos que compartiéramos el período de descanso que se tomaría su equipo cuando las paredes del refugio estuvieran un poco más altas. Mantuvo una charla amistosa con Pabodie a través del éter y repitió sus elogios a los taladros realmente maravillosos que le habían ayudado a hacer su descubrimiento. Atwood también envió saludos y elogios. Felicité calurosamente a Lake, dándole la razón sobre el viaje hacia el oeste; y todos acordamos ponernos en contacto por radio a las diez de la mañana. Si el vendaval había terminado entonces, Lake enviaría un avión para la partida a mi base. Justo antes de retirarme envié un último mensaje al Arkham con instrucciones sobre cómo suavizar las noticias del día para el mundo exterior, ya que los detalles completos parecían lo suficientemente radicales como para despertar una oleada de incredulidad hasta que se corroboraran.

III

Ninguno de nosotros, me imagino, durmió mucho o de forma continuada aquella mañana; pues tanto la excitación del descubrimiento de Lake como la creciente furia del viento estaban en contra de tal cosa. Tan salvajes eran las ráfagas, incluso donde estábamos, que no podíamos evitar preguntarnos cuánto peor sería en el campamento de Lake, directamente bajo los vastos picos desconocidos que marcaban su origen y la provocaban. McTighe estaba despierto a las diez e intentó comunicarse con Lake por radio, como habíamos acordado, pero alguna condición eléctrica en el aire perturbado hacia el oeste parecía impedir la comunicación. Sin embargo, conseguimos comunicarnos con el Arkham, y Douglas me dijo que él también había intentado en vano comunicarse con Lake. No se había enterado de lo del viento, pues soplaba muy poco en el estrecho de McMurdo a pesar de su persistente furia donde nos encontrábamos.

Durante todo el día todos escuchamos ansiosamente e intentamos comunicarnos con Lake a intervalos, pero invariablemente sin resultados. Hacia el mediodía se desató un auténtico frenesí de viento del oeste, que nos hizo temer por la seguridad de nuestro campamento; pero finalmente amainó, con sólo una moderada recaída a las dos de la tarde. Después de las tres todo estaba muy tranquilo, y redoblamos nuestros esfuerzos por localizar a Lake. Reflexionando que tenía cuatro aviones, cada uno provisto de un excelente equipo de onda corta, no podíamos imaginar ningún accidente ordinario capaz de inutilizar todo su equipo inalámbrico a la vez. Sin embargo, el silencio sepulcral continuaba; y cuando pensamos en la fuerza delirante que debía tener el viento en su localidad no pudimos evitar hacer las conjeturas más funestas.

A las seis en punto nuestros temores se habían vuelto intensos y definitivos, y tras una consulta inalámbrica con Douglas y Thorfinnssen resolví tomar medidas de investigación. El quinto aeroplano, que habíamos dejado en el depósito de suministros del estrecho de McMurdo con Sherman y dos marineros, estaba en buen estado y listo para su uso inmediato; y parecía que la misma emergencia para la que había sido guardado estaba ahora sobre nosotros. Me puse en contacto con Sherman por radio y le ordené que se reuniera conmigo con el avión y los dos marineros en la base sur lo antes posible; las condiciones aéreas eran aparentemente muy favorables. Hablamos entonces sobre el personal del grupo de investigación que vendría y decidimos que incluiríamos a toda la tripulación, junto con el trineo y los perros que había guardado conmigo. Incluso una carga tan grande no sería demasiado para uno de los enormes aviones construidos bajo nuestras órdenes especiales para el transporte de maquinaria pesada. A intervalos seguí intentando comunicarme con Lake por radio, pero todo fue en vano.

Sherman, con los marineros Gunnarsson y Larsen, despegaron a las 7:30; e informaron de un vuelo tranquilo desde varios puntos del ala. Llegaron a nuestra base a medianoche, y todos discutieron de inmediato el siguiente movimiento. Era arriesgado navegar sobre la Antártida en un solo aeroplano sin ninguna línea de bases, pero nadie se arredró ante lo que parecía la más simple necesidad. Nos volvimos a las dos para un breve descanso después de algunas operaciones preliminares de carga del avión, pero volvimos a levantarnos en cuatro horas para terminar la carga y el embalaje.

A las 7:15 de la mañana del 25 de enero, emprendimos el vuelo hacia el noroeste bajo el pilotaje de McTighe con diez hombres, siete perros, un trineo, una provisión de combustible y alimentos, y otros artículos, incluido el equipo inalámbrico del avión. La atmósfera era clara, bastante tranquila y la temperatura relativamente suave; y preveíamos muy pocos problemas para llegar a la latitud y longitud designadas por Lake como lugar de su campamento. Nuestras aprensiones se centraban en lo que podríamos encontrar, o dejar de encontrar, al final de nuestro viaje; pues el silencio seguía respondiendo a todas las llamadas enviadas al campamento.

Cada incidente de ese vuelo de cuatro horas y media está grabado a fuego en mi memoria debido a su posición crucial en mi vida. Marcó mi pérdida, a la edad de cincuenta y cuatro años, de toda esa paz y equilibrio que la mente normal posee a través de su acostumbrada concepción de la Naturaleza externa y de las leyes de la Naturaleza. A partir de entonces, los diez —pero el estudiante Danforth y yo por sobre todos los demás— tuvimos que enfrentarnos a un mundo horriblemente amplificado de horrores acechantes que nada puede borrar de nuestras emociones, y que nos abstendríamos de compartir con la humanidad en general si pudiéramos. Los periódicos han impreso los boletines que enviamos desde el avión en movimiento; relatando nuestro rumbo sin escalas, nuestras dos batallas con traicioneros vendavales en las alturas, nuestro atisbo de la superficie rota donde Lake había cavado su pozo a mitad de viaje tres días antes, y nuestra visión de un grupo de esos extraños y esponjosos cilindros de nieve que Amundsen y Byrd señalaron como rodando al viento a través de las interminables leguas de meseta helada. Llegó un momento, sin embargo, en que nuestras sensaciones no podían transmitirse con ninguna palabra que la prensa entendiera; y un momento posterior en que tuvimos que adoptar una verdadera regla de estricta censura.

El marinero Larsen fue el primero en divisar la línea dentada de conos y pináculos parecidos a brujas que teníamos delante, y sus gritos enviaron a todo el mundo a las ventanillas del gran avión con cabina. A pesar de nuestra velocidad, tardaron mucho en ganar prominencia, por lo que supimos que debían de estar infinitamente lejos y que sólo eran visibles por su anormal altura. Poco a poco, sin embargo, se elevaron sombríamente en el cielo occidental; permitiéndonos distinguir varias cumbres desnudas, sombrías y negruzcas, y captar la curiosa sensación de fantasía que inspiraban vistas bajo la rojiza luz antártica contra el provocativo fondo de nubes de polvo de hielo iridiscente. En todo el espectáculo había un persistente y omnipresente matiz de estupendo secretismo y revelación potencial; como si estas agujas descarnadas y de pesadilla marcaran los pilones de una espantosa puerta hacia esferas prohibidas de ensueño y complejos golfos de tiempo, espacio y ultradimensionalidad remotos. No pude evitar la sensación de que eran cosas malignas: montañas de locura cuyas laderas más lejanas se asomaban a algún maldito abismo final. Aquel fondo de nubes hirviente y semiluminoso contenía sugerencias inefables de un más allá vago y etéreo mucho más que espacial terrestre; y ofrecía recordatorios espantosos de la lejanía absoluta, la separación, la desolación y la muerte eónica de este mundo austral no hollado e insondable.

Fue el joven Danforth quien nos llamó la atención sobre las curiosas regularidades de la línea del horizonte de las montañas más altas —regularidades como fragmentos aferrados de cubos perfectos— que Lake había mencionado en sus mensajes, y que de hecho justificaban su comparación con las sugerencias oníricas de los templos-ruinas primordiales en las nubladas cimas de las montañas asiáticas tan sutil y extrañamente pintadas por Roerich. En efecto, había algo inquietantemente roerichiano en todo este continente sobrenatural de misterio montañoso. Lo había sentido en octubre, cuando divisamos por primera vez Victoria Land, y lo sentía de nuevo ahora. También sentí otra oleada de inquietante conciencia de las semejanzas míticas arcaicas; de lo inquietantemente que este reino letal se correspondía con la maléficamente famosa meseta de Leng en los escritos primigenios. Los mitólogos han situado Leng en Asia Central; pero la memoria racial del hombre —o de sus predecesores— es larga, y bien puede ser que ciertos relatos hayan descendido de tierras y montañas y templos del horror anteriores a Asia y anteriores a cualquier mundo humano que conozcamos. Algunos místicos atrevidos han insinuado un origen anterior al Pleistoceno para los fragmentarios Manuscritos Pnakóticos, y han sugerido que los devotos de Tsathoggua eran tan ajenos a la humanidad como el propio Tsathoggua. Leng, dondequiera que en el espacio o en el tiempo pudiera anidarse, no era una región en la que me gustaría estar, ni cerca de ella; tampoco me agradaba la proximidad de un mundo que hubiera criado monstruosidades tan ambiguas y arcaicas como las que Lake acababa de mencionar. En ese momento me sentí arrepentido de haber leído el aborrecido *Necronomicón,* o de haber hablado tanto con aquel folclorista desagradablemente erudito, Wilmarth, en la universidad.

Este estado de ánimo sirvió sin duda para agravar mi reacción ante el extraño espejismo que irrumpió sobre nosotros desde el cenit cada vez más opalescente a medida que nos acercábamos a las montañas y empezábamos a distinguir las ondulaciones acumulativas de las estribaciones. Había visto docenas de espejismos polares durante las semanas precedentes, algunos de ellos tan extraños y fantásticamente vívidos como el presente ejemplo; pero éste tenía una cualidad totalmente novedosa y oscura de simbolismo amenazador, y me estremecí cuando el laberinto hirviente de muros fabulosos y torres y minaretes surgió de los perturbadores vapores de hielo sobre nuestras cabezas.

El efecto era el de una ciudad ciclópea de arquitectura desconocida por el hombre o por la imaginación humana, con vastos conjuntos de mampostería negra como la noche que encarnaban monstruosas perversiones de las leyes geométricas y alcanzaban los extremos más grotescos de siniestra bizarría. Había conos truncados, a veces adosados o estriados, coronados por altos fustes cilíndricos aquí y allá bulbosamente agrandados y a menudo rematados con hileras de finos discos festoneados; y extrañas construcciones en forma de mesa que sugerían pilas de multitud de losas rectangulares o placas circulares o estrellas de cinco puntas, cada una superpuesta a la de abajo. Había conos compuestos y pirámides solas o superpuestas a cilindros o cubos o a conos truncados y pirámides más planos, y ocasionales agujas en curiosos grupos de cinco. Todas estas estructuras febriles parecían unidas por puentes tubulares que cruzaban de una a otra a varias alturas vertiginosas, y la escala implícita del conjunto era aterradora y opresiva en su puro gigantismo. El tipo general de espejismo no era muy distinto de algunas de las formas más salvajes observadas y dibujadas por el ballenero ártico Scoresby en 1820; pero en aquel momento y lugar, con aquellos picos montañosos oscuros y desconocidos elevándose estupendamente por delante, aquel anómalo descubrimiento del mundo de los ancianos en nuestras mentes, y el manto de probable desastre envolviendo a la mayor parte de nuestra expedición, a todos nos pareció encontrar en él un tinte de malignidad latente y de presagio de infinita maldad.

Me alegré cuando el espejismo empezó a deshacerse, aunque en el proceso las diversas torretas y conos pesadillescos asumieron formas temporales distorsionadas de una espantosidad aún mayor. Cuando toda la ilusión se disolvió en una opalescencia agitada, empezamos a mirar de nuevo hacia la tierra y vimos que el final de nuestro viaje no estaba lejos. Las montañas desconocidas que teníamos delante se alzaban vertiginosamente como una temible muralla de gigantes, sus curiosas regularidades resaltaban con asombrosa nitidez incluso sin un catalejo. Ahora estábamos sobre las estribaciones más bajas, y podíamos ver entre la nieve, el hielo y los parches desnudos de su meseta principal un par de puntos oscuros que tomamos como el campamento y la excavación de Lake. Las estribaciones más altas se elevaban entre cinco y seis millas de distancia, formando una cordillera casi distinta de la aterradora línea de picos más que himaláyicos que había más allá. Por fin, Ropes —el estudiante que había relevado a McTighe a los mandos— empezó a dirigirse hacia abajo, hacia la mancha oscura de la izquierda cuyo tamaño la señalaba como el campamento. Mientras lo hacía, McTighe envió el último mensaje inalámbrico no censurado que el mundo iba a recibir de nuestra expedición.

Todo el mundo, por supuesto, ha leído los breves e insatisfactorios boletines del resto de nuestra estancia antártica. Algunas horas después de nuestro desembarco enviamos un informe reservado de la tragedia que encontramos, y anunciamos de mala gana la aniquilación de todo el grupo de Lake por el espantoso viento del día anterior, o de la noche anterior. Once muertos conocidos, el joven Gedney desaparecido. La gente perdonó nuestra nebulosa falta de detalles al darse cuenta de la conmoción que el triste suceso debía de habernos causado, y nos creyeron cuando les explicamos que la acción desgarradora del viento había hecho que los once cadáveres no fueran aptos para ser transportados al exterior. De hecho, me felicito a mí mismo de que incluso en medio de nuestra angustia, total desconcierto y horror que nos atenazaba el alma, apenas fuimos más allá de la verdad en algún caso concreto. La tremenda importancia reside en lo que no nos atrevimos a contar, lo que yo no contaría ahora si no fuera por la necesidad de prevenir a los demás de terrores sin nombre.

Es un hecho que el viento había causado terribles estragos. Si todos habríamos podido sobrevivir a él, incluso sin lo otro, es algo gravemente dudoso. La tormenta, con su furia de partículas de hielo enloquecidas, debió de ser superior a todo lo que nuestra expedición había encontrado antes. Uno de los refugios de los hidroaviones —que, al parecer, se había dejado en un estado demasiado endeble e inadecuado— quedó casi pulverizado; y el castillete de perforación distante se hizo añicos por completo. El metal expuesto de los aviones aterrizados y de la maquinaria de perforación quedó muy pulido, y dos de las pequeñas tiendas de campaña quedaron aplastadas a pesar de sus bancos de nieve. Las superficies de madera dejadas al descubierto por la explosión estaban picadas y desprovistas de pintura, y todas las señales de huellas en la nieve estaban completamente borradas. También es cierto que no encontramos ninguno de los objetos biológicos arqueanos en condiciones de sacarlos al exterior en su conjunto. Sí recogimos algunos minerales de un vasto montón volcado, entre ellos varios de los fragmentos verdosos de esteatita cuyo extraño redondeado de cinco puntas y tenues dibujos de puntos agrupados provocaron tantas comparaciones dudosas; y algunos huesos fósiles, entre los que se encontraban los más típicos de los especímenes curiosamente heridos.

Ninguno de los perros sobrevivió, su apresurado recinto de nieve construido cerca del campamento quedó casi totalmente destruido. Puede que lo hiciera el viento, aunque la mayor rotura en el lado próximo al campamento, que no era el de barlovento, sugiere un salto hacia fuera o una rotura de las propias bestias frenéticas. Los tres trineos habían desaparecido, y hemos intentado explicar que el viento pudo haberlos arrastrado hacia lo desconocido. El taladro y la maquinaria para derretir el hielo en la perforación estaban demasiado dañados para justificar su salvamento, así que los utilizamos para ahogar esa sutilmente inquietante puerta al pasado que Lake había dinamitado. Asimismo, dejamos en el campamento los dos aviones más sacudidos, ya que nuestro grupo superviviente sólo contaba con cuatro pilotos de verdad —Sherman, Danforth, McTighe y Ropes— en total, con Danforth en mal estado nervioso como para navegar. Trajimos de vuelta todos los libros, equipos científicos y otros utensilios que pudimos encontrar, aunque muchos se los llevó el viento de forma bastante inexplicable. Las tiendas de repuesto y las pieles faltaban o estaban en mal estado.

Fue aproximadamente a las 4 P.M., después de que un amplio recorrido nos hubiera obligado a dar a Gedney por perdido, cuando enviamos nuestro mensaje reservado al Arkham para que lo retransmitiera;

y creo que hicimos bien en mantenerlo tan tranquilo y sin compromisos como conseguimos. Lo más que dijimos sobre nuestra agitación se refería a los perros, cuya frenética inquietud cerca de los especímenes biológicos era de esperar por los relatos del pobre Lake. No mencionamos, creo, su exhibición de la misma inquietud cuando olfateaban alrededor de las extrañas piedras de esteatita verdosas y algunos otros objetos en la región desordenada; objetos que incluían instrumentos científicos, aeroplanos y maquinaria tanto en el campamento como en la perforación, cuyas piezas habían sido aflojadas, movidas o manipuladas de otro modo por vientos que debían albergar una curiosidad y poder de investigación singulares.

Sobre los catorce especímenes biológicos fuimos indulgentemente indefinidos. Dijimos que los únicos que descubrimos estaban dañados, pero que quedaba lo suficiente de ellos para demostrar que la descripción de Lake era total e impresionantemente exacta. Fue un trabajo duro mantener nuestras emociones personales al margen de este asunto, y no mencionamos números ni dijimos exactamente cómo habíamos encontrado los que encontramos. Para entonces habíamos acordado no transmitir nada que sugiriera locura por parte de los hombres de Lake, y sin duda parecía una locura encontrar seis monstruosidades imperfectas cuidadosamente enterradas en posición vertical en fosas de nieve de nueve pies bajo montículos de cinco puntas perforados con grupos de puntos en patrones exactamente iguales a los de las extrañas piedras de esteatita verdosas desenterradas de la época mesozoica o terciaria. Los ocho ejemplares perfectos mencionados por Lake parecían haber volado por los aires.

También teníamos cuidado por la tranquilidad general del público; de ahí que Danforth y yo habláramos poco de aquel espantoso viaje sobre las montañas al día siguiente. Fue el hecho de que sólo un avión radicalmente aligerado podría cruzar una cordillera de tal altura lo que limitó misericordiosamente aquel viaje de exploración a nosotros dos. A nuestro regreso, a 1 A.M., Danforth estaba al borde de la histeria, pero mantuvo admirablemente la compostura. No hizo falta persuadirle para que prometiera no mostrar nuestros bocetos y las demás cosas que llevábamos en los bolsillos, no decir nada más a los demás que lo que habíamos acordado transmitir fuera, y esconder las películas de nuestras cámaras para revelarlas en privado más tarde; así que esa parte de mi historia actual será tan nueva para Pabodie, McTighe, Ropes, Sherman y el resto como lo será para el mundo en general. De hecho, Danforth es más reservado que yo; porque vio —o cree que vio— una cosa que no me dirá ni a mí.

Como todos saben, nuestro informe incluía el relato de una dura ascensión; una confirmación de la opinión de Lake de que los grandes picos son de pizarra arcaica y otros estratos arrugados muy primitivos sin cambios desde al menos los tiempos del Comancho medio; un comentario convencional sobre la regularidad de las formaciones de cubos y terraplenes aferrados; la decisión de que las bocas de las cuevas indican venas calcáreas disueltas; una conjetura de que ciertas laderas y pasos permitirían escalar y cruzar toda la cordillera a montañeros avezados; y una observación de que el misterioso lado contrario alberga una elevada e inmensa supermeseta tan antigua e inmutable como las propias montañas, de 20.000 pies de altitud, con grotescas formaciones rocosas que sobresalen a través de una fina capa glaciar y con bajas estribaciones graduales entre la superficie general de la meseta y los escarpados precipicios de los picos más altos.

Este conjunto de datos es en todos los aspectos cierto hasta donde llega, y satisfizo por completo a los hombres del campamento. Achacamos nuestra ausencia de dieciséis horas —un tiempo superior al que requería nuestro anunciado programa de vuelo, aterrizaje, reconocimiento y recogida de rocas— a un largo y mítico periodo de condiciones de viento adversas; y relatamos con veracidad nuestro aterrizaje en las estribaciones más lejanas. Afortunadamente nuestro relato sonaba lo suficientemente realista y prosaico como para no tentar a ninguno de los demás a emular nuestro vuelo. Si alguno hubiera intentado hacerlo, yo habría empleado hasta el último gramo de mi persuasión para detenerlo, y no sé qué habría hecho Danforth. Mientras estábamos fuera, Pabodie, Sherman, Ropes, McTighe y Williamson habían trabajado como castores sobre los dos mejores aviones de Lake; acondicionándolos de nuevo para su uso a pesar de los malabarismos totalmente inexplicables ocurridos a su mecanismo operativo.

Decidimos cargar todos los aviones a la mañana siguiente y emprender el regreso a nuestra antigua base lo antes posible. Aunque indirecta, ésa era la forma más segura de trabajar hacia el estrecho de McMurdo; pues un vuelo en línea recta a través de los tramos más absolutamente desconocidos del continente muerto en el eón entrañaría muchos peligros adicionales. Seguir explorando era difícilmente factible en vista de nuestra trágica pérdida y la ruina de nuestra maquinaria de perforación; y las dudas y horrores que nos rodeaban —y que no revelamos— sólo nos hacían desear escapar de este mundo austral de desolación y locura melancólica tan rápidamente como pudiéramos.

Como el público sabe, nuestro regreso al mundo se llevó a cabo sin más desastres. Todos los aviones llegaron a la antigua base al anochecer del día siguiente —27 de enero— tras un rápido vuelo sin escalas; y el 28 llegamos al estrecho de McMurdo en dos vueltas, siendo la única pausa muy breve, y ocasionada por un timón defectuoso en el furioso viento sobre la plataforma de hielo después de que hubiéramos despejado la gran meseta. En cinco días más, el Arkham y el Miskatonic, con toda la tripulación y el equipo a bordo, se sacudían el hielo cada vez más grueso y remontaban el mar de Ross con las montañas burlonas de Victoria Land asomando hacia el oeste contra un cielo antártico agitado y los gemidos del viento en un amplio hilo musical que me helaba el alma. Menos de quince días después dejamos atrás el último indicio de tierra polar y dimos gracias al cielo por habernos alejado de un reino embrujado y maldito donde la vida y la muerte, el espacio y el tiempo, han hecho alianzas negras y blasfemas en las épocas desconocidas desde que la materia se retorció y nadó por primera vez en la corteza escasamente refrigerada del planeta.

Desde nuestro regreso todos hemos trabajado constantemente para desalentar la exploración antártica, y nos hemos guardado ciertas dudas y conjeturas con espléndida unidad y fidelidad. Incluso el joven Danforth, con su crisis nerviosa, no se ha acobardado ni ha balbuceado a sus médicos; de hecho, como ya he dicho, hay una cosa que cree que vio él solo y que no quiere contarme ni siquiera a mí, aunque creo que ayudaría a su estado psicológico si consintiera en hacerlo. Podría explicar y aliviar muchas cosas, aunque tal vez la cosa no fuera más que la secuela ilusoria de una conmoción anterior. Esa es la impresión que tengo después de esos raros momentos irresponsables en los que me susurra cosas inconexas, cosas que repudia con vehemencia en cuanto vuelve a controlarse.

Será un trabajo duro disuadir a otros del gran sur blanco, y algunos de nuestros esfuerzos pueden perjudicar directamente nuestra causa al llamar la atención de los curiosos. Podríamos haber sabido desde el principio que la curiosidad humana es imperecedera, y que los resultados que anunciáramos bastarían para espolear a otros en la misma búsqueda milenaria de lo desconocido. Los informes de Lake sobre aquellas monstruosidades biológicas habían excitado a naturalistas y paleontólogos hasta lo más alto; aunque fuimos lo bastante sensatos como para no mostrar las partes desprendidas que habíamos tomado de los especímenes reales enterrados, ni nuestras fotografías de esos especímenes tal y como se encontraron. También nos abstuvimos de mostrar lo más desconcertante de los huesos con cicatrices y las piedras de esteatita verdosas; mientras que Danforth y yo hemos guardado celosamente las fotografías que tomamos o dibujos que hicimos en la supermeseta al otro lado de la cordillera, y las cosas arrugadas que alisamos, estudiamos aterrorizados y nos llevamos en el bolsillo. Pero ahora ese grupo de Starkweather-Moore se está organizando, y con una minuciosidad muy superior a todo lo que intentó nuestro equipo. Si no se les disuade, llegarán al núcleo más recóndito de la Antártida y derretirán y perforarán hasta sacar a la superficie lo que puede acabar con el mundo que conocemos. Así que debo romper por fin todas las reticencias… incluso sobre esa última cosa sin nombre más allá de las montañas de la locura.

IV

Sólo con gran vacilación y repugnancia permito que mi mente regrese al campamento de Lake y a lo que realmente encontramos allí, y a esa otra cosa más allá de la espantosa pared de la montaña. Me siento constantemente tentado a eludir los detalles y a dejar que los indicios sustituyan a los hechos reales y a las deducciones ineluctables. Espero haber dicho ya lo suficiente para permitirme deslizarme brevemente sobre el resto; el resto, es decir, el horror en el campamento. He hablado del terreno devastado por el viento, de los refugios dañados, de la maquinaria rota, de los variados desasosiegos de nuestros perros, de los trineos y otros objetos desaparecidos, de las muertes de hombres y perros, de la ausencia de Gedney y de los seis especímenes biológicos insanamente enterrados, extrañamente sanos en su textura a pesar de todas sus lesiones estructurales, de un mundo cuarenta millones de años muerto. No recuerdo si mencioné que al revisar los cadáveres caninos encontramos que faltaba un perro. No pensamos mucho en ello hasta más tarde; de hecho, sólo Danforth y yo hemos pensado en ello.

Las principales cosas que he estado reteniendo tienen que ver con los cadáveres, y con ciertos puntos sutiles que pueden o no dar una espantosa e increíble clase de racionalidad al aparente caos. En aquel momento traté de mantener la mente de los hombres alejada de esos puntos; porque era mucho más sencillo —mucho más normal— atribuirlo todo a un brote de locura por parte de algunos del grupo de Lake. Por el aspecto de las cosas, aquel viento endemoniado de la montaña debía bastar para volver loco a cualquier hombre en medio de este centro de todo misterio y desolación terrenales.

La anormalidad suprema, por supuesto, era el estado de los cuerpos, tanto de los hombres como de los perros. Todos habían participado en algún terrible tipo de conflicto y estaban desgarrados y destrozados de formas diabólicas y totalmente inexplicables. La muerte, por lo que pudimos juzgar, se había producido en todos los casos por estrangulamiento o laceración. Evidentemente, los perros habían iniciado el problema, pues el estado de su mal construido corral daba testimonio de su rotura forzosa desde dentro. Se había colocado a cierta distancia del campamento debido al odio de los animales hacia aquellos infernales organismos arcaicos, pero la precaución parecía haber sido tomada en vano. Al quedarse solos en aquel monstruoso viento tras endebles paredes de altura insuficiente, debieron de salir en estampida, no se sabía si por el propio viento o por algún sutil olor creciente emitido por los especímenes de pesadilla. Aquellos especímenes, por supuesto, habían sido cubiertos con una tela de tienda; sin embargo, el bajo sol antártico había golpeado sin cesar sobre esa tela, y Lake había mencionado que el calor solar tendía a hacer que los tejidos extrañamente sólidos y resistentes de aquellas cosas se relajaran y dilataran. Quizá el viento había azotado la tela que las cubría y las había zarandeado de tal manera que sus cualidades olfativas más punzantes se hicieron manifiestas a pesar de su increíble antigüedad.

Pero, fuera lo que fuera lo que había ocurrido, era lo suficientemente horrible y repugnante. Tal vez sea mejor que deje a un lado los remilgos y cuente por fin lo peor, aunque con una categórica declaración de opinión, basada en las observaciones de primera mano y en las más rígidas deducciones tanto de Danforth como mías, de que el entonces desaparecido Gedney no era en modo alguno responsable de los repugnantes horrores que encontramos. He dicho que los cuerpos estaban espantosamente destrozados. Ahora debo añadir que algunos estaban incisos y sustraídos de la forma más curiosa, a sangre fría e inhumana. Ocurría lo mismo con los perros y los hombres. A todos los cuerpos más sanos y gordos, cuadrúpedos o bípedos, se les habían cortado y extirpado las masas más sólidas de tejido, como por un cuidadoso carnicero; y a su alrededor había una extraña salpicadura de sal —tomada de los devastados arcones de provisiones de los aviones— que conjuraba las asociaciones más horribles. El suceso había ocurrido en uno de los rudimentarios refugios para aeronaves de los que se había sacado el avión, y los vientos posteriores habían borrado todas las huellas que podrían haber aportado alguna teoría plausible. Los trozos de ropa esparcidos, toscamente cortados de las incisiones humanas, no insinuaban ninguna pista. Es inútil traer a colación la impresión a medias de ciertas débiles huellas de nieve en un rincón protegido del recinto en ruinas, porque esa impresión no se refería en absoluto a huellas humanas, sino que estaba claramente mezclada con toda la palabrería sobre huellas fósiles que el pobre Lake había estado dando a lo largo de las semanas precedentes. Había que tener cuidado con la imaginación a sotavento de aquellas montañas de locura que lo ensombrecían todo.

Como he indicado, Gedney y un perro resultaron al final desaparecidos. Cuando llegamos a aquel terrible refugio habíamos perdido a dos perros y a dos hombres; pero la tienda de disección, bastante ilesa, en la que entramos después de investigar las monstruosas tumbas, tenía algo que revelar. No estaba como Lake la había dejado, pues las partes cubiertas de la monstruosidad primigenia habían sido retiradas de la improvisada mesa. De hecho, ya nos habíamos dado cuenta de que una de las seis cosas imperfectas y demencialmente enterradas que habíamos encontrado —la que tenía el rastro de un olor peculiarmente odioso— debía representar las secciones recogidas de la entidad que Lake había intentado analizar. Encima y alrededor de aquella mesa de laboratorio había otras cosas, y no tardamos en adivinar que esas cosas eran las partes disecadas, cuidadosa aunque extraña e inexpertamente, de un hombre y un perro. Ahorraré sentimientos a los supervivientes omitiendo mencionar la identidad del hombre. Los instrumentos anatómicos de Lake habían desaparecido, pero había evidencias de su cuidadosa limpieza. La estufa de gasolina también había desaparecido, aunque a su alrededor encontramos una curiosa pila de cerillas. Enterramos las partes humanas junto a los otros diez hombres, y las partes caninas con los otros 35 perros. En cuanto a las extrañas manchas en la mesa del laboratorio, y en el revoltijo de libros ilustrados toscamente manipulados esparcidos cerca de ella, estábamos demasiado desconcertados para especular.

Esto constituía lo peor del horror del campamento, pero había otras cosas igualmente desconcertantes. La desaparición de Gedney, del perro, de los ocho especímenes biológicos ilesos, de los tres trineos y de ciertos instrumentos, libros técnicos y científicos ilustrados, material de escritura, linternas eléctricas y baterías, comida y combustible, aparatos de calefacción, tiendas de repuesto, trajes de piel y cosas por el estilo, estaba totalmente más allá de toda conjetura sensata; como lo estaban también las manchas de tinta salpicadas en ciertos trozos de papel y las evidencias de curiosos tanteos y experimentos alienígenas alrededor de los aviones y de todos los demás dispositivos mecánicos tanto en el campamento como en la perforación. Los perros parecían aborrecer esta maquinaria extrañamente desordenada. También estaba el desbarajuste de la despensa, la desaparición de ciertos alimentos básicos y el cómico montón de latas de conserva abiertas de las formas y en los lugares más inverosímiles. La profusión de cerillas esparcidas, intactas, rotas o gastadas, formaba otro enigma menor; al igual que los dos o tres trapos de tienda y los trajes de piel que encontramos tirados por ahí con tajos peculiares y poco ortodoxos debidos posiblemente a torpes esfuerzos de adaptación inimaginables. El maltrato de los cuerpos humanos y caninos, y el alocado enterramiento de los dañados especímenes arqueanos, iban de la mano de esta aparente locura desintegradora. En vista de una eventualidad como la presente, fotografiamos cuidadosamente todas las principales evidencias de desorden demencial en el campamento; y utilizaremos las impresiones para apuntalar nuestros alegatos contra la partida de la propuesta Expedición Starkweather-Moore.

Nuestro primer acto tras encontrar los cuerpos en el refugio fue fotografiar y abrir la hilera de tumbas dementes con los montículos de nieve de cinco puntas. No pudimos evitar darnos cuenta del parecido de estos montículos monstruosos, con sus grupos de puntos agrupados, con las descripciones del pobre Lake de las extrañas piedras de esteatita verdosas; y cuando dimos con algunas de las propias piedras de esteatita en el gran montón de minerales encontramos el parecido muy cercano en efecto. Toda la formación general, debe quedar claro, parecía abominablemente sugestiva de la cabeza de estrella de mar de las entidades arcaicas; y estuvimos de acuerdo en que la sugerencia debió de obrar potentemente sobre las mentes sensibilizadas del sobreexcitado grupo de Lake. Nuestra propia primera visión de las entidades enterradas reales constituyó un momento horrible, y dirigió las imaginaciones de Pabodie y mía de vuelta a algunos de los espeluznantes mitos primigenios que habíamos leído y oído. Todos estuvimos de acuerdo en que la mera visión y la presencia continuada de las cosas debían de haber cooperado con la opresiva soledad polar y el viento endemoniado de la montaña en volver loco al grupo de Lake.

Porque la locura —centrada en Gedney como único posible agente superviviente— fue la explicación adoptada espontáneamente por todo el mundo en lo que se refería a la expresión hablada; aunque no seré tan ingenuo como para negar que cada uno de nosotros puede haber albergado conjeturas descabelladas que la cordura le prohibía formular por completo. Sherman, Pabodie y McTighe realizaron por la tarde un exhaustivo recorrido en aeroplano por todo el territorio circundante, barriendo el horizonte con catalejos de campo en busca de Gedney y de las diversas cosas desaparecidas; pero nada salió a la luz. El grupo informó de que la cordillera de la barrera de titanes se extendía interminablemente a derecha e izquierda por igual, sin ninguna disminución en altura o estructura esencial. En algunos de los picos, sin embargo, las formaciones regulares de cubos y terraplenes eran más audaces y sencillas; tenían similitudes doblemente fantásticas con las ruinas de colinas asiáticas pintadas por Roerich. La distribución de las crípticas bocas de las cuevas en las negras cumbres cubiertas de nieve parecía más o menos uniforme hasta donde podía trazarse la cordillera.

A pesar de todos los horrores reinantes, nos quedaba suficiente celo científico y espíritu aventurero para preguntarnos por el reino desconocido que había más allá de aquellas misteriosas montañas. Tal como indicaban nuestros mensajes guardados, descansamos a medianoche tras nuestro día de terror y desconcierto; pero no sin un plan tentativo para uno o más vuelos de altitud de cruce de cordillera en un avión aligerado con cámara aérea y equipo geológico, comenzando a la mañana siguiente. Se decidió que Danforth y yo lo intentáramos primero, y nos despertamos a las 7 A.M. con la intención de un viaje temprano; aunque los fuertes vientos —mencionados en nuestro breve boletín al mundo exterior— retrasaron nuestra salida hasta casi las nueve.

Ya he repetido la historia con falta de compromiso que contamos a los hombres en el campamento —y que transmitimos al exterior— tras nuestro regreso dieciséis horas después. Ahora es mi terrible deber ampliar este relato rellenando los misericordiosos espacios en blanco con indicios de lo que realmente vimos en el oculto mundo transmontano, indicios de las revelaciones que finalmente han llevado a Danforth a un colapso nervioso. Desearía que añadiera una palabra realmente franca sobre lo que cree que sólo él vio —aunque probablemente fuera un delirio nervioso— y que fue quizá la gota que colmó el vaso y le puso donde está; pero se opone firmemente a ello. Todo lo que puedo hacer es repetir sus susurros inconexos posteriores sobre lo que le hizo chillar mientras el avión se elevaba de regreso a través del puerto de montaña torturado por el viento, después de aquella conmoción real y tangible que yo compartí. Esta será mi última palabra. Si los signos evidentes de haber sobrevivido a horrores mayores en lo que revelo no bastan para evitar que otros se inmiscuyan en la Antártida interior —o al menos para que no husmeen demasiado bajo la superficie de ese último residuo de secretos prohibidos y desolación inhumana y maldita por los eones—, la responsabilidad de males innombrables y quizá inmensurables no será mía.

Danforth y yo, estudiando las notas tomadas por Pabodie en su vuelo de la tarde y comprobándolo con un sextante, habíamos calculado que el paso más bajo disponible en la cordillera se encontraba algo a nuestra derecha, a la vista del campamento, y a unos 23.000 o 24.000 pies sobre el nivel del mar. A este punto, pues, nos dirigimos primero en el avión aligerado cuando emprendimos nuestro vuelo de descubrimiento. El propio campamento, sobre unas estribaciones que brotaban de una alta meseta continental, estaba a unos 12.000 pies de altitud; de ahí que el aumento de altura real necesario no fuera tan grande como pudiera parecer. No obstante, éramos muy conscientes del aire enrarecido y del frío intenso a medida que ascendíamos, ya que debido a las condiciones de visibilidad tuvimos que dejar abiertas las ventanas de la cabina. Íbamos vestidos, por supuesto, con nuestras pieles más gruesas.

A medida que nos acercábamos a los imponentes picos, oscuros y siniestros por encima de la línea de nieve arrastrada por las grietas y los glaciares intersticiales, nos fijábamos cada vez más en las formaciones curiosamente regulares que se aferraban a las laderas; y volvíamos a pensar en las extrañas pinturas asiáticas de Nicholas Roerich. Los antiguos estratos rocosos erosionados por el viento verificaban plenamente todos los boletines de Lake, y demostraban que estos vetustos pináculos se habían estado elevando exactamente de la misma manera desde una época sorprendentemente temprana de la historia de la Tierra, quizá más de cincuenta millones de años. Cuánto más altos habían sido en otro tiempo, era inútil adivinarlo; pero todo en esta extraña región apuntaba a oscuras influencias atmosféricas desfavorables al cambio, y calculadas para retrasar los procesos climáticos habituales de desintegración de las rocas.

Pero fue la maraña montañosa de cubos regulares, murallas y bocas de cuevas lo que más nos fascinó e inquietó. Yo los estudiaba con binoculares de campo y tomaba fotografías aéreas mientras Danforth piloteaba; y a veces le relevaba a los mandos —aunque mis conocimientos de aviación eran puramente de aficionado— para dejarle utilizar los prismáticos. Pudimos ver fácilmente que gran parte del material de las cosas era una cuarcita arcaica clara, distinta de cualquier formación visible en amplias zonas de la superficie general; y que su regularidad era extrema e insólita hasta un punto que el pobre Lake apenas había insinuado.

Como él había dicho, sus bordes estaban desmenuzados y redondeados por eones incalculables de erosión salvaje; pero su solidez preternatural y su material resistente los habían salvado de la obliteración. Muchas partes, especialmente las más cercanas a las laderas, parecían idénticas en sustancia a la superficie rocosa circundante. Toda la disposición se parecía a las ruinas de Machu Picchu en los Andes, o a los primitivos muros de cimentación de Kish tal y como los desenterró la expedición Oxford-Field Museum en 1929; y tanto Danforth como yo obtuvimos esa impresión ocasional de bloques ciclópeos separados que Lake había atribuido a su compañero de vuelo Carroll. Cómo explicar tales cosas en este lugar estaba francamente fuera de mi alcance, y me sentí extrañamente humillado como geólogo. Las formaciones ígneas tienen a menudo extrañas regularidades —como la famosa Calzada del

Gigante en Irlanda— pero esta estupenda cordillera, a pesar de la sospecha original de Lake de conos humeantes, era sobre todo no volcánica en su estructura evidente.

Las curiosas bocas de las cuevas, cerca de las cuales las formaciones extrañas parecían más abundantes, presentaban otro rompecabezas, aunque menor, debido a la regularidad de su contorno. Eran, como había dicho el boletín de Lake, a menudo aproximadamente cuadradas o semicirculares; como si los orificios naturales hubieran sido moldeados con mayor simetría por alguna mano mágica. Su número y amplia distribución eran notables, y sugerían que toda la región estaba repleta de túneles disueltos en estratos calizos. Los atisbos que conseguimos no llegaban muy lejos dentro de las cavernas, pero vimos que aparentemente estaban limpias de estalactitas y estalagmitas. En el exterior, las partes de las laderas de las montañas adyacentes a las aberturas parecían invariablemente lisas y regulares; y Danforth pensó que las ligeras grietas y picaduras de la exposición a los elementos tendían hacia patrones inusuales. Lleno como estaba de los horrores y rarezas descubiertos en el campamento, insinuó que los pozos se parecían vagamente a esos desconcertantes grupos de puntos salpicados sobre las primitivas piedras de esteatita verdosas, tan horriblemente duplicados en los montículos de nieve locamente concebidos sobre esas seis monstruosidades enterradas.

Nos habíamos elevado gradualmente al sobrevolar las estribaciones más altas y a lo largo hacia el paso relativamente bajo que habíamos seleccionado. A medida que avanzábamos mirábamos de vez en cuando la nieve y el hielo de la ruta terrestre, preguntándonos si habríamos podido intentar el viaje con el equipo más sencillo de antes. Para nuestra sorpresa vimos que el terreno distaba mucho de ser difícil en ese sentido; y que a pesar de las grietas y otros puntos malos no habría sido probable que disuadiera a los trineos de un Scott, un Shackleton o un Amundsen. Algunos de los glaciares parecían desembocar en pasos cortados por el viento con una continuidad inusual, y al llegar a nuestro paso elegido comprobamos que su caso no constituía una excepción.

Nuestras sensaciones de tensa expectación mientras nos preparábamos para rodear la cresta y asomarnos a un mundo no pisado difícilmente pueden describirse sobre el papel; aunque no teníamos motivos para pensar que las regiones más allá de la cordillera fueran esencialmente diferentes de las ya vistas y atravesadas. El toque de misterio maligno en estas montañas barrera, y en el atrayente mar de cielo opalescente que se vislumbraba entre sus cumbres, era un asunto muy sutil y atenuado que no podía explicarse con palabras literales. Se trataba más bien de un asunto de vago simbolismo psicológico y asociación estética, una cosa mezclada con poesía y pinturas exóticas, y con mitos arcaicos que acechaban en volúmenes rehuidos y prohibidos. Incluso la carga del viento contenía una peculiar tensión de malignidad consciente; y por un segundo pareció que el sonido compuesto incluía un extraño silbido musical o un gorjeo en un amplio rango mientras la ráfaga entraba y salía de las omnipresentes y resonantes bocas de las cuevas. Había una nota turbia de repulsión reminiscente en este sonido, tan compleja e insustituible como cualquiera de las otras impresiones oscuras.

Estábamos ahora, tras una lenta ascensión, a una altura de 23.570 pies según el aneroide; y habíamos dejado la región de nieve aferrada definitivamente por debajo de nosotros. Aquí arriba sólo había laderas de roca oscura y desnuda y el comienzo de glaciares de nervaduras rugosas; pero con esos cubos provocadores, murallas y bocas de cueva resonantes para añadir un presagio de lo antinatural, lo fantástico y lo onírico. Mirando a lo largo de la línea de altos picos, me pareció ver el mencionado por el pobre Lake, con una muralla exactamente en la cima. Parecía medio perdido en una extraña bruma antártica; una bruma, tal vez, como la que había sido responsable de la temprana noción de Lake sobre el vulcanismo. El paso se alzaba directamente ante nosotros, liso y azotado por el viento entre sus pilones dentados y malignamente ceñudos. Más allá había un cielo surcado de vapores arremolinados e iluminado por el sol polar bajo: el cielo de ese misterioso reino lejano sobre el que teníamos la sensación de que ningún ojo humano había posado su mirada.

Unos pies más de altitud y contemplaríamos ese reino. Danforth y yo, incapaces de hablar salvo en gritos en medio del viento aullante y cortante que corría por el paso y se sumaba al ruido de los motores sin silenciar, intercambiamos miradas elocuentes. Y entonces, una vez ganados los últimos pies, cruzamos con la mirada la trascendental divisoria y los secretos sin muestrear de una tierra anciana y completamente ajena.

V

Creo que ambos gritamos simultáneamente con una mezcla de asombro, maravilla, terror e incredulidad en nuestros propios sentidos cuando finalmente despejamos el paso y vimos lo que había más allá. Por supuesto, debíamos de tener alguna teoría natural en el fondo de nuestras cabezas para tranquilizar nuestras facultades por el momento. Probablemente pensamos en cosas como las piedras grotescamente erosionadas del Jardín de los Dioses en Colorado, o las rocas fantásticamente simétricas talladas por el viento del desierto de Arizona. Quizá incluso pensamos a medias que la vista era un espejismo como el que habíamos visto la mañana anterior al acercarnos por primera vez a aquellas montañas de locura. Debíamos de tener algunas de esas nociones normales a las que recurrir cuando nuestros ojos barrieron aquella meseta ilimitada y escarbada por la tempestad y captaron el laberinto casi interminable de masas de piedra colosales, regulares y geométricamente eurítmicas que alzaban sus crestas desmoronadas y picadas sobre una capa glaciar de no más de cuarenta o cincuenta pies de profundidad en su punto más grueso, y en lugares evidentemente más delgada.

El efecto de la monstruosa visión era indescriptible, pues desde el principio parecía segura alguna diabólica violación de la ley natural conocida. Aquí, en una meseta infernalmente antigua de 20.000 pies de altura, y en un clima mortal para la vida desde una era prehumana hace no menos de 500.000 años, se extendía casi hasta el límite de la visión una maraña de piedra ordenada que sólo la desesperación de la autodefensa mental podría atribuir a otra causa que no fuera consciente y artificial. Hasta entonces habíamos descartado, en lo que a pensamiento serio se refería, cualquier teoría de que los cubos y las murallas de las laderas de las montañas tuvieran un origen que no fuera natural. ¿Cómo podía ser de otro modo, cuando el hombre mismo apenas podía haberse diferenciado de los grandes simios en el momento en que esta región sucumbió al actual reinado ininterrumpido de muerte glaciar?

Sin embargo, ahora el vaivén de la razón parecía tambalearse irrefutablemente, pues este ciclópeo laberinto de bloques cuadrados, curvos y angulosos tenía rasgos que cortaban todo refugio confortable. Era, muy claramente, la blasfema ciudad del espejismo en cruda, objetiva e ineluctable realidad. Ese maldito presagio había tenido una base material después de todo: había habido algún estrato horizontal de polvo de hielo en el aire superior, y esta impactante supervivencia de piedra había proyectado su imagen a través de las montañas según las simples leyes de la reflexión. Por supuesto, el fantasma había sido retorcido y exagerado, y había contenido cosas que la fuente real no contenía; sin embargo, ahora, al ver esa fuente real, nos parecía aún más horrible y amenazadora que su lejana imagen.

Sólo la increíble e inhumana masividad de estas vastas torres y murallas de piedra había salvado a la espantosa cosa de la aniquilación total en los cientos de miles —quizá millones— de años que había permanecido allí entre las ráfagas de una desolada tierra alta. «*Corona Mundi*... Techo del Mundo...». Todo tipo de frases fantásticas brotaron de nuestros labios mientras contemplábamos mareados el increíble espectáculo. Pensé de nuevo en los mitos primigenios eldríticos que tan persistentemente me habían perseguido desde mi primera visión de este mundo antártico muerto: de la meseta endemoniada de Leng, de los Mi-Go, o Abominables Hombres de las Nieves del Himalaya, de los Manuscritos Pnakóticos con sus implicaciones prehumanas, del culto a Cthulhu, del *Necronomicón,* y de las leyendas hiperbóreas de Tsathoggua sin forma y de los engendros estelares peor que sin forma asociados a esa semi-entidad.

A lo largo de millas ilimitadas en todas direcciones la cosa se extendía con muy poco adelgazamiento; de hecho, mientras nuestros ojos la seguían a derecha e izquierda a lo largo de la base de las estribaciones bajas y graduales que la separaban del borde montañoso real, decidimos que no podíamos ver adelgazamiento alguno salvo una interrupción a la izquierda del paso por el que habíamos llegado. Simplemente habíamos tocado, al azar, una parte limitada de algo de extensión incalculable. Las estribaciones estaban salpicadas más escasamente de grotescas estructuras de piedra, que unían la terrible ciudad con los ya familiares cubos y murallas que evidentemente formaban sus puestos avanzados en las montañas. Estos últimos, así como las extrañas bocas de las cuevas, eran tan abundantes en el interior como en el exterior de las montañas.

El laberinto de piedra sin nombre consistía, en su mayor parte, en paredes de 10 a 150 pies de altura helada, y de un grosor que variaba de cinco a diez pies. Estaba compuesto en su mayor parte por prodigiosos bloques de pizarra oscura primordial, esquisto y arenisca —bloques en muchos casos tan grandes como $4 \times 6 \times 8$ pies—, aunque en varios lugares parecía tallado en un lecho rocoso sólido y desigual de pizarra precámbrica. Los edificios distaban mucho de ser iguales en tamaño; había innumerables arreglos en forma de panal de enorme extensión, así como estructuras separadas más pequeñas. Su forma general tendía a ser cónica, piramidal o en terrazas; aunque había muchos cilindros perfectos, cubos perfectos, grupos de cubos y otras formas rectangulares, y una peculiar salpicadura de edificios en ángulo cuya planta de cinco puntas sugería aproximadamente las fortificaciones modernas. Los constructores habían hecho un uso constante y experto del principio del arco, y probablemente existieron cúpulas en el apogeo de la ciudad.

Toda la maraña estaba monstruosamente erosionada, y la superficie glaciar desde la que se proyectaban las torres estaba sembrada de bloques caídos y escombros inmemoriales. Allí donde la glaciación era transparente pudimos ver las partes inferiores de los gigantescos pilotes, y nos fijamos en los puentes de piedra conservados por el hielo que conectaban las distintas torres a distintas distancias del suelo. En las paredes expuestas pudimos detectar los lugares cicatrizados donde habían existido otros puentes más altos del mismo tipo. Una inspección más detenida reveló innumerables ventanas de gran tamaño; algunas de ellas estaban cerradas con postigos de un material petrificado, originalmente madera, aunque la mayoría se abrían de forma siniestra y amenazadora. Muchas de las ruinas, por supuesto, carecían de tejado y tenían los bordes superiores desiguales aunque redondeados por el viento; mientras que otras, de modelo más nítidamente cónico o piramidal o bien protegidas por estructuras circundantes más altas, conservaban los contornos intactos a pesar de los omnipresentes desmoronamientos y pozos. Con los binoculares de campo apenas podíamos distinguir lo que parecían decoraciones escultóricas en bandas horizontales: decoraciones que incluían esos curiosos grupos de puntos cuya presencia en las antiguas piedras de esteatita asumía ahora un significado mucho mayor.

En muchos lugares los edificios estaban totalmente arruinados y la capa de hielo profundamente desgarrada por diversas causas geológicas. En otros lugares la mampostería estaba desgastada hasta el mismo nivel de la glaciación. Una amplia franja, que se extendía desde el interior de la meseta hasta una hendidura en las estribaciones, a una milla a la izquierda del paso que habíamos atravesado, estaba totalmente libre de edificios; y probablemente representaba, concluimos, el curso de algún gran río que en tiempos terciarios —hace millones de años— se había vertido a través de la ciudad y en algún prodigioso abismo subterráneo de la gran cordillera de la barrera. Ciertamente, ésta era sobre todo una región de cuevas, golfos y secretos subterráneos más allá de la penetración humana.

Recordando nuestras sensaciones y nuestro aturdimiento al contemplar esta monstruosa supervivencia de eones que creíamos prehumanos, sólo puedo maravillarme de que conserváramos la apariencia de equilibrio que logramos. Por supuesto, sabíamos que algo —la cronología, la teoría científica o nuestra propia conciencia— estaba lamentablemente mal; sin embargo, mantuvimos el aplomo suficiente para guiar el avión, observar muchas cosas con bastante minuciosidad y tomar una cuidadosa serie de fotografías que aún pueden sernos útiles a nosotros y al mundo. En mi caso, el hábito científico arraigado puede haber ayudado; porque por encima de todo mi desconcierto y sensación de amenaza ardía una curiosidad dominante por desentrañar más de este secreto milenario: saber qué clase de seres habían construido y vivido en este lugar incalculablemente gigantesco, y qué relación con el mundo general de su época o de otras épocas podía haber tenido una concentración de vida tan singular.

Pues este lugar no podía ser una ciudad ordinaria. Debía de haber formado el núcleo primario y el centro de algún capítulo arcaico e increíble de la historia de la Tierra cuyas ramificaciones exteriores, recordadas sólo vagamente en los mitos más oscuros y distorsionados, se habían desvanecido por completo en medio del caos de las convulsiones terrestres mucho antes de que cualquier raza humana que conozcamos hubiera salido tambaleándose del estado de simio. Aquí se extendía una megalópolis paleogea comparada con la que las legendarias Atlántida y Lemuria, Commoriom y Uzuldaroum, y Olathoë en la tierra de Lomar son cosas recientes de hoy, ni siquiera de ayer; una megalópolis que se situaba al nivel de blasfemias prehumanas tan susurradas como Valusia, R'lyeh, Ib en la tierra de Mnar, y la Ciudad sin Nombre de Arabia Deserta. Mientras volábamos por encima de aquella maraña de torres de titanes descarnados, mi imaginación a veces escapaba a todos los límites y vagaba sin rumbo por reinos de asociaciones fantásticas, incluso tejiendo vínculos entre este mundo perdido y algunos de mis propios sueños más salvajes relacionados con el loco horror del campamento.

El depósito de combustible del avión, en aras de una mayor ligereza, sólo se había llenado parcialmente; de ahí que ahora tuviéramos que extremar la precaución en nuestras exploraciones. Aun así, cubrimos una enorme extensión de terreno —o más bien, de aire— tras descender en picado hasta un nivel en el que el viento se hizo prácticamente inapreciable. No parecía haber límite para la cadena montañosa, ni para la longitud de la espantosa ciudad de piedra que bordeaba sus estribaciones interiores. Cincuenta millas de vuelo en cada dirección no mostraban ningún cambio importante en el laberinto de roca y mampostería que ascendía como un cadáver a través del hielo eterno. Había, sin embargo, algunas diversificaciones muy absorbentes; como los tallados en el cañón donde aquel ancho río había perforado una vez las estribaciones y se acercaba a su lugar de hundimiento en la gran cordillera. Los promontorios a la entrada del arroyo habían sido audazmente tallados en forma de pilones ciclópeos; y algo en los diseños estriados y en forma de barril suscitó en Danforth y en mí extraños recuerdos vagos, odiosos y confusos.

También nos topamos con varios espacios abiertos en forma de estrella, evidentemente plazas públicas; y observamos diversas ondulaciones en el terreno. Donde se elevaba una colina aguda, generalmente estaba ahuecada en algún tipo de edificio de piedra ramificado; pero había al menos dos excepciones. De estas últimas, una estaba demasiado erosionada para revelar lo que había habido en la eminencia saliente, mientras que la otra conservaba un fantástico monumento cónico tallado en la roca maciza que se asemejaba toscamente a cosas como la conocida Tumba de la Serpiente en el antiguo valle de Petra.

Volando hacia el interior desde las montañas, descubrimos que la ciudad no tenía una anchura infinita, aunque su longitud a lo largo de las estribaciones parecía interminable. Después de unas treinta millas los grotescos edificios de piedra empezaron a adelgazarse, y en diez millas más llegamos a un ininterrumpido baldío prácticamente sin señales de artificio sensible. El curso del río más allá de la ciudad parecía marcado por una amplia línea deprimida; mientras que la tierra asumía una aspereza algo mayor, pareciendo inclinarse ligeramente hacia arriba a medida que retrocedía en el oeste cubierto de niebla.

Hasta el momento no habíamos hecho ningún aterrizaje, pero abandonar la meseta sin intentar entrar en alguna de las monstruosas estructuras habría sido inconcebible. En consecuencia, decidimos encontrar un lugar suavizado en las estribaciones cercanas a nuestro paso navegable, allí aterrizamos el avión y nos dispusimos a hacer alguna exploración a pie. Aunque estas laderas graduales estaban en parte cubiertas por una dispersión de ruinas, el vuelo rasante pronto reveló un amplio número de posibles lugares de aterrizaje. Seleccionando el más cercano al paso, ya que nuestro siguiente vuelo sería a través de la gran cordillera y de vuelta al campamento, conseguimos, hacia las 12:30 P.M., aterrizar en un campo de nieve lisa y dura totalmente desprovisto de obstáculos y bien adaptado para un despegue rápido y favorable más tarde.

No parecía necesario proteger el avión con un banco de nieve durante un tiempo tan breve y en una ausencia tan cómoda de vientos fuertes a este nivel; por lo tanto, nos limitamos a comprobar que los esquís de aterrizaje estuvieran bien firmes y que las partes vitales del mecanismo estuvieran protegidas contra el frío. Para nuestro viaje a pie descartamos las más pesadas de nuestras pieles de vuelo, y nos llevamos un pequeño equipo consistente en brújula de bolsillo, cámara de mano, provisiones ligeras, voluminosos cuadernos y papel, martillo y cincel de geólogo, bolsas de muestras, rollo de cuerda de escalada, y potentes linternas eléctricas con pilas de repuesto; este equipo lo habíamos llevado en el avión con la posibilidad de que pudiéramos efectuar un aterrizaje, tomar fotografías del terreno, hacer dibujos y croquis topográficos, y obtener muestras de rocas de alguna ladera desnuda, afloramiento o cueva de montaña. Afortunadamente teníamos una provisión de papel extra para rasgar, colocar en una bolsa de muestras de repuesto y utilizar según el antiguo principio de la liebre y el sabueso para marcar nuestro rumbo en cualquier laberinto interior en el que pudiéramos penetrar. Esto lo habíamos traído por si encontrábamos algún sistema de cuevas con aire lo suficientemente tranquilo como para permitir un método tan rápido y fácil en lugar del método habitual de picar rocas para seguir rastros.

Caminando cautelosamente cuesta abajo sobre la nieve encostrada hacia el estupendo laberinto de piedra que se alzaba contra el oeste opalescente, tuvimos una sensación de maravilla inminente casi tan aguda como la que habíamos tenido al acercarnos al insondable paso de montaña cuatro horas antes. Es cierto que nos habíamos familiarizado visualmente con el increíble secreto que ocultaban los picos de la barrera; sin embargo, la perspectiva de penetrar realmente en paredes primordiales levantadas por seres conscientes hace quizá millones de años —antes de que pudiera existir ninguna raza conocida de hombres— no dejaba de ser asombrosa y potencialmente terrible en sus implicaciones de anormalidad cósmica. Aunque la delgadez del aire a esta prodigiosa altitud hacía que el esfuerzo fuera algo más difícil de lo habitual, tanto Danforth como yo nos encontrábamos soportándolo muy bien y nos sentíamos a la altura de casi cualquier tarea que pudiera correspondernos. Nos bastaron unos pocos pasos para llegar a una ruina informe desgastada a ras de la nieve, mientras que diez o quince varas más allá había una enorme muralla sin tejado aún completa en su gigantesca silueta de cinco puntas y que se elevaba hasta una altura irregular de diez u once pies. A esta última nos dirigimos; y cuando por fin pudimos tocar realmente sus erosionados bloques ciclópeos, sentimos que habíamos establecido un vínculo sin precedentes y casi blasfemo con eones olvidados normalmente vedados a nuestra especie.

Esta muralla, con forma de estrella y quizás 300 pies de punta a punta, estaba construida con bloques de arenisca del Jurásico de tamaño irregular, con una superficie media de 6 × 8 pies. Había una hilera de aspilleras o ventanas arqueadas de unos cuatro pies de ancho y cinco de alto; espaciadas de forma bastante simétrica a lo largo de las puntas de la estrella y en sus ángulos interiores, y con los fondos a unos cuatro pies de la superficie glaciar. Mirando a través de ellos, pudimos ver que la mampostería tenía un grosor de cinco pies, que no quedaban tabiques en su interior y que había rastros de tallas en bandas o bajorrelieves en las paredes interiores; hechos que, en efecto, habíamos adivinado antes, al sobrevolar a baja altura esta muralla y otras similares. Aunque originalmente debieron existir partes más bajas, todos los rastros de tales cosas estaban ahora totalmente oscurecidos por la profunda capa de hielo y nieve que había en este punto.

Nos arrastramos por una de las ventanas e intentamos en vano descifrar los diseños murales casi borrados, pero no intentamos alterar el suelo glacial. Nuestros vuelos de orientación nos habían indicado que muchos edificios de la ciudad propiamente dicha estaban menos helados, y que quizá podríamos encontrar interiores totalmente despejados que nos llevaran al verdadero nivel del suelo si entrábamos en aquellas estructuras aún techadas en la parte superior. Antes de abandonar la muralla, la fotografiamos detenidamente y estudiamos su mampostería ciclópea sin argamasa con total desconcierto. Hubiéramos deseado que Pabodie estuviera presente, pues sus conocimientos de ingeniería nos habrían ayudado a adivinar cómo pudieron manipularse unos bloques tan titánicos en aquella época increíblemente remota en la que se construyó la ciudad y sus alrededores.

El paseo de media milla cuesta abajo hasta la ciudad real, con el viento superior chillando vana y salvajemente a través de los picos celestes del fondo, fue algo cuyos más mínimos detalles permanecerán siempre grabados en mi mente. Sólo en pesadillas fantásticas podrían los seres humanos, salvo Danforth y yo, concebir tales efectos ópticos. Entre nosotros y los agitados vapores del oeste se extendía aquella monstruosa maraña de torres de piedra oscura; sus formas extravagantes e increíbles nos impresionaban de nuevo a cada nuevo ángulo de visión. Era un espejismo en piedra maciza, y si no fuera por las fotografías aún dudaría de que tal cosa pudiera ser posible. El tipo general de mampostería era idéntico al de la muralla que habíamos examinado; pero las extravagantes formas que adoptaba esta mampostería en sus manifestaciones urbanas superaban toda descripción.

Incluso las imágenes ilustran sólo una o dos fases de su infinita bizarría, su interminable variedad, su masividad preternatural y su exotismo totalmente ajeno. Había formas geométricas para las que un Euclides apenas podría encontrar un nombre: conos de todos los grados de irregularidad y truncamiento; terrazas de todo tipo de provocativa desproporción; fustes con extrañas ampliaciones bulbosas; columnas rotas en curiosos grupos; y disposiciones de cinco puntas o cinco aristas de loca grotesquedad. A medida que nos acercábamos pudimos ver bajo ciertas partes transparentes de la capa de hielo y detectar algunos de los puentes tubulares de piedra que conectaban las estructuras locamente salpicadas a diversas alturas. De calles ordenadas no parecía haber ninguna, la única amplia franja abierta estaba a una milla a la izquierda, donde el antiguo río había fluido sin duda a través de la ciudad hacia las montañas.

Nuestros binoculares de campo mostraron que las bandas horizontales externas de esculturas y grupos de puntos casi borrados eran muy frecuentes, y pudimos imaginarnos a medias el aspecto que debió de tener la ciudad en otro tiempo, aunque la mayoría de los tejados y las cimas de las torres habían perecido necesariamente. En conjunto, había sido una compleja maraña de callejuelas y callejones retorcidos; todos ellos profundos cañones, y algunos poco mejor que túneles debido a la mampostería saliente o a los puentes que se alzaban. Ahora, extendido bajo nosotros, se alzaba como un fantasma de ensueño contra una bruma hacia el oeste a través de cuyo extremo norte el sol antártico bajo y rojizo de primera hora de la tarde luchaba por brillar; y cuando por un momento ese sol encontraba una obstrucción más densa y sumía la escena en una sombra temporal, el efecto era sutilmente amenazador de una forma que nunca podré describir. Incluso los débiles aullidos y gorjeos del viento que no se sentía en los grandes pasos de montaña a nuestras espaldas adquirían una nota más salvaje de malignidad intencionada. La última etapa de nuestro descenso hasta el pueblo era inusualmente empinada y abrupta, y un afloramiento rocoso en el borde donde cambiaba la pendiente nos hizo pensar que allí había existido una terraza artificial. Bajo la glaciación, creímos, debía de haber un tramo de escalones o su equivalente.

Cuando por fin nos adentramos en la laberíntica ciudad propiamente dicha, trepando por mampostería caída y encogiéndonos ante la opresiva cercanía y la altura empequeñecedora de los omnipresentes muros desmoronados y agujereados, nuestras sensaciones volvieron a ser tales que me maravillo del grado de autocontrol que conservamos. Danforth estaba francamente nervioso y empezó a hacer algunas especulaciones ofensivamente irrelevantes sobre el horror del campamento, lo que me molestó aún más porque no podía evitar compartir ciertas conclusiones a las que nos obligaban muchos rasgos de esta mórbida supervivencia de la antigüedad de pesadilla. Las especulaciones también trabajaban en su imaginación; pues en un lugar —donde un callejón iluminado por escombros doblaba una esquina cerrada— insistía en que veía débiles rastros de marcas en el suelo que no le gustaban; mientras que en otros lugares se detenía a escuchar un sutil sonido imaginario procedente de algún punto indefinido —un gorjeo musical apagado, decía, no muy distinto al del viento en las cuevas de la montaña aunque de algún modo inquietantemente diferente. Las incesantes cinco puntas de la arquitectura circundante y de los pocos arabescos murales distinguibles tenían una sugerencia tenuemente siniestra a la que no podíamos escapar; y nos daban un toque de terrible certeza subconsciente respecto a las entidades primigenias que se habían criado y moraban en este lugar profano.

Sin embargo, nuestras almas científicas y aventureras no estaban del todo muertas y llevamos a cabo mecánicamente nuestro programa de astillado de especímenes de todos los diferentes tipos de roca representados en la mampostería. Deseábamos un conjunto bastante completo para poder sacar mejores conclusiones sobre la antigüedad del lugar. Nada en los grandes muros exteriores parecía datar de épocas posteriores al Jurásico y el Comanchiense, ni había en todo el lugar ningún trozo de piedra de una antigüedad superior al Plioceno. Con toda certeza, deambulábamos en medio de una muerte que había reinado al menos 500.000 años, y con toda probabilidad incluso más.

A medida que avanzábamos por este laberinto de penumbra ensombrecido por la piedra, nos deteníamos en todas las aberturas disponibles para estudiar los interiores e investigar las posibilidades de entrada. Algunas estaban fuera de nuestro alcance, mientras que otras sólo conducían a ruinas asfixiadas por el hielo, tan desprovistas de tejado y yermas como la muralla de la colina. Una, aunque espaciosa y acogedora, se abría sobre un abismo aparentemente sin fondo y sin medios visibles de descenso. De vez en cuando teníamos ocasión de estudiar la madera petrificada de un postigo superviviente, y nos impresionaba la fabulosa antigüedad implícita en el grano aún perceptible. Estas cosas procedían de gimnospermas y coníferas mesozoicas —especialmente cícadas cretácicas— y de palmáceas en abanico y angiospermas tempranas de fecha claramente terciaria. No se pudo descubrir nada definitivamente posterior al Plioceno. En la colocación de estos postigos —cuyos bordes mostraban la antigua presencia de bisagras extrañas y desaparecidas hacía mucho tiempo— el uso parecía ser variado; algunos estaban en el lado exterior y otros en el interior de las profundas troneras. Parecían haberse encajado en su sitio, sobreviviendo así a la oxidación de sus antiguos y probablemente metálicos herrajes y cierres.

Al cabo de un rato dimos con una hilera de ventanas —en las protuberancias de un colosal cono de cinco aristas de vértice intacto— que daban a una vasta sala bien conservada con suelo de piedra; pero éstas estaban demasiado altas en la sala para permitir el descenso sin cuerda. Teníamos una cuerda con nosotros, pero no deseábamos molestarnos con esta caída de veinte pies a menos que nos viéramos obligados a ello, especialmente en este aire de meseta tan delgado en el que se exigía mucho esfuerzo al corazón. Esta enorme sala era probablemente un vestíbulo o lugar de concurrencia de algún tipo, y nuestras linternas eléctricas mostraban esculturas audaces, distintas y potencialmente sorprendentes dispuestas alrededor de las paredes en bandas anchas y horizontales separadas por franjas igualmente anchas de arabescos convencionales. Tomamos buena nota de este lugar, planeando entrar aquí a menos que se encontrara un interior de más fácil acceso.

Finalmente, sin embargo, encontramos exactamente la abertura que deseábamos; un arco de unos seis pies de ancho y diez de alto, que marcaba el antiguo extremo de un puente aéreo que había atravesado un callejón a unos cinco pies por encima del nivel actual de glaciación. Estos arcos, por supuesto, estaban a ras de los pisos superiores; y en este caso uno de los pisos aún existía. El edificio así accesible era una serie de terrazas rectangulares a nuestra izquierda orientadas hacia el oeste. El que estaba al otro lado del callejón, donde se abría el otro arco, era un decrépito cilindro sin ventanas y con una curiosa protuberancia a unos diez pies por encima de la abertura. Estaba totalmente oscuro por dentro, y el arco parecía abrirse sobre un pozo de vacío ilimitable.

Los escombros amontonados facilitaban doblemente la entrada al vasto edificio de la izquierda, pero por un momento dudamos antes de aprovechar la oportunidad largamente deseada. Porque aunque habíamos penetrado en esta maraña de misterio arcaico, se requería una nueva resolución para llevarnos realmente al interior de un edificio completo y superviviente de un fabuloso mundo antiguo cuya naturaleza se nos hacía cada vez más horriblemente clara. Al final, sin embargo, dimos el paso y trepamos por encima de los escombros hasta la enorme tronera. El suelo más allá era de grandes losas de pizarra y parecía formar la salida de un largo y alto corredor con paredes esculpidas.

Observando los numerosos arcos interiores que salían de ella, y dándonos cuenta de la probable complejidad del nido de apartamentos que había en su interior, decidimos que debíamos comenzar nuestro sistema de pistas. Hasta entonces nuestras brújulas, junto con los frecuentes atisbos de la vasta cordillera entre las torres de nuestra retaguardia, habían bastado para evitar que marcáramos el camino; pero a partir de ahora sería necesario el sustituto artificial. En consecuencia, redujimos nuestro papel sobrante a jirones de tamaño adecuado, los colocamos en una bolsa que llevaría Danforth y nos preparamos para utilizarlos de la forma más económica que nos permitiera la seguridad. Este método probablemente nos ganaría la inmunidad contra el extravío, ya que no parecía haber fuertes corrientes de aire en el interior de la mampostería primordial. Si se produjeran, o si nuestro suministro de papel se agotara, podríamos recurrir, por supuesto, al método más seguro, aunque más tedioso y lento, de picar rocas.

Era imposible adivinar la extensión del territorio que habíamos recorrido sin tener un registro. La estrecha y frecuente conexión de los diferentes edificios hacía probable que pudiéramos cruzar de uno a otro por puentes bajo el hielo, excepto donde lo impidieran derrumbes locales y grietas geológicas, ya que muy poca glaciación parecía haber penetrado en las enormes construcciones. Casi todas las zonas de hielo transparente mostraban las ventanas sumergidas como herméticamente cerradas, como si la ciudad hubiera permanecido en ese estado uniforme hasta que la capa glaciar llegó a cristalizar la parte inferior para todo el tiempo posterior. De hecho, uno tenía la curiosa impresión de que este lugar había sido deliberadamente cerrado y abandonado en algún oscuro y pasado eón, más que abrumado por alguna calamidad repentina o incluso por una decadencia gradual. ¿Se había previsto la llegada de los hielos y una población anónima se había marchado en masa en busca de una morada menos condenada? Las condiciones fisiográficas precisas que asistieron a la formación de la capa de hielo en este punto tendrían que esperar a una solución posterior. No había sido, a todas luces, un impulso demoledor. Tal vez la presión de las nieves acumuladas había sido la responsable; y quizá alguna crecida del río, o la rotura de algún antiguo dique glaciar en la gran cordillera, había contribuido a crear el estado especial ahora observable. La imaginación podía concebir casi cualquier cosa en relación con este lugar.

VI

Sería engorroso hacer un relato detallado y consecutivo de nuestras andanzas por el interior de ese panal cavernoso y eónicamente muerto de mampostería primigenia; esa monstruosa guarida de secretos ancianos que ahora resonaba por primera vez, tras incontables épocas, a la pisada de los pies humanos. Esto es especialmente cierto porque gran parte del horrible dramatismo y la revelación procedían del mero estudio de las omnipresentes tallas murales. Nuestras fotografías con linterna de esas tallas contribuirán mucho a demostrar la verdad de lo que ahora revelamos, y es lamentable que no tuviéramos con nosotros un mayor suministro de película. Así las cosas, hicimos toscos bocetos en un cuaderno de ciertos rasgos sobresalientes una vez agotadas todas nuestras películas.

El edificio en el que habíamos entrado era de gran tamaño y elaboración, y nos dio una noción impresionante de la arquitectura de aquel pasado geológico sin nombre. Los tabiques interiores eran menos macizos que los exteriores, pero en los niveles inferiores estaban excelentemente conservados. Una complejidad laberíntica, con diferencias curiosamente irregulares en los niveles del suelo, caracterizaba toda la disposición; y sin duda nos habríamos perdido desde el principio de no ser por el rastro de papel rasgado que dejamos tras nosotros. Decidimos explorar primero las partes superiores más decrépitas, por lo que ascendimos por el laberinto una distancia de unos 100 pies, hasta donde el nivel superior de cámaras se abría nívea y ruinosamente abierto al cielo polar. El ascenso se efectuaba por las empinadas rampas de piedra con nervaduras transversales o planos inclinados que en todas partes servían en lugar de escaleras. Las habitaciones que encontramos tenían todas las formas y proporciones imaginables, desde estrellas de cinco puntas hasta triángulos y cubos perfectos. Podría decirse que su media general era de unos 30 × 30 pies de superficie y 20 pies de altura; aunque existían muchos apartamentos más grandes. Después de examinar a fondo las regiones superiores y el nivel glaciar descendimos piso a piso a la parte sumergida, donde efectivamente pronto vimos que nos encontrábamos en un laberinto continuo de cámaras y pasadizos conectados que probablemente conducían a zonas ilimitadas fuera de este edificio en particular. La ciclópea masividad y el gigantismo de todo lo que nos rodeaba resultaban curiosamente opresivos; y había algo vaga pero profundamente inhumano en todos los contornos, dimensiones, proporciones, decoraciones y matices constructivos de la, tan arcaica que era blasfemo, cantería. Pronto nos dimos cuenta, por lo que revelaban las tallas, de que esta monstruosa ciudad tenía muchos millones de años.

Aún no podemos explicar los principios de ingeniería utilizados en el anómalo equilibrio y ajuste de las vastas masas rocosas, aunque es evidente que se confió mucho en la función del arco. Las salas que visitamos estaban totalmente desprovistas de todo contenido portátil, circunstancia que sostuvo nuestra creencia en el abandono deliberado de la ciudad. La principal característica decorativa era el sistema casi universal de escultura mural, que tendía a discurrir en bandas horizontales continuas de tres pies de ancho y dispuestas desde el suelo hasta el techo en alternancia con bandas de igual anchura dedicadas a arabescos geométricos. Había excepciones a esta regla de disposición, pero su preponderancia era abrumadora. A menudo, sin embargo, a lo largo de una de las bandas de arabescos se hundía una serie de cartelas lisas que contenían grupos de puntos con motivos extraños.

La técnica, pronto lo vimos, era madura, lograda y estéticamente evolucionada hasta el más alto grado de maestría civilizada; aunque totalmente ajena en cada detalle a cualquier tradición artística conocida de la raza humana. En delicadeza de ejecución ninguna escultura que yo haya visto se le podía acercar. Los detalles más minuciosos de la elaborada vegetación, o de la vida animal, se representaban con asombrosa viveza a pesar de la audaz escala de las tallas; mientras que los intrincados diseños convencionales eran maravillas por su habilidad. Los arabescos mostraban un profundo uso de los principios matemáticos, y estaban formados por curvas oscuramente simétricas y ángulos basados en la cantidad de cinco. Las bandas pictóricas seguían una tradición muy formalizada, e implicaban un tratamiento peculiar de la perspectiva; pero tenían una fuerza artística que nos conmovía profundamente a pesar del abismo intermedio de vastos periodos geológicos. Su método de diseño giraba en torno a una singular yuxtaposición de la sección transversal con la silueta bidimensional, y encarnaba una psicología analítica más allá de la de cualquier raza conocida de la antigüedad. Es inútil intentar comparar este arte con cualquiera representado en nuestros museos. Quienes vean nuestras fotografías encontrarán probablemente su análogo más cercano en ciertas concepciones grotescas de los futuristas más atrevidos.

El trazado de arabescos consistía en su totalidad en líneas cavadas cuya profundidad en las paredes sin desgastar variaba de una a dos pulgadas. Cuando aparecían cartelas con grupos de puntos —evidentemente como inscripciones en alguna lengua y alfabeto desconocidos y primordiales— la depresión de la superficie lisa era quizá de una pulgada y media, y la de los puntos quizá de media pulgada más. Las bandas pictóricas estaban en bajo relieve contrahundido, su fondo estaba deprimido a unas dos pulgadas de la superficie original de la pared. En algunos ejemplares podían detectarse marcas de una coloración anterior, aunque en su mayor parte los incontables eones habían desintegrado y desterrado cualquier pigmento que pudiera haberse aplicado. Cuanto más se estudiaba la maravillosa técnica más se admiraban las cosas. Bajo su estricta convencionalización uno podía captar la minuciosa y precisa observación y habilidad gráfica de los artistas; y de hecho, las propias convenciones servían para simbolizar y acentuar la verdadera esencia o diferenciación vital de cada objeto delineado. También sentimos que, además de estas excelencias reconocibles, había otras que acechaban más allá del alcance de nuestras percepciones. Ciertos toques aquí y allá daban vagos indicios de símbolos y estímulos latentes que otro trasfondo mental y emocional, y un equipamiento sensorial más completo o diferente, podrían haber hecho que tuvieran un significado profundo y conmovedor para nosotros.

El tema de las esculturas procedía obviamente de la vida de la época desaparecida de su creación, y contenía una gran proporción de historia evidente. Es esta anormal mentalidad histórica de la raza primigenia —una circunstancia fortuita que opera, por coincidencia, milagrosamente a nuestro favor— lo que hizo que las tallas nos resultaran tan asombrosamente informativas, y lo que nos llevó a situar su fotografía y transcripción por encima de cualquier otra consideración. En ciertas salas, la disposición dominante variaba por la presencia de mapas, cartas astronómicas y otros diseños científicos a escala ampliada, cosas que corroboraban de forma ingenua y terrible lo que dedujimos de los frisos y los bordillos pictóricos. Al insinuar lo que el conjunto revelaba, sólo puedo esperar que mi relato no despierte una curiosidad mayor que la sana cautela por parte de quienes me crean del todo. Sería trágico que alguien se sintiera atraído a ese reino de muerte y horror por la misma advertencia que pretende disuadirle.

Interrumpiendo estos muros esculpidos había altas ventanas y enormes portales de doce pies; ambos conservaban de vez en cuando los tablones de madera petrificada —elaboradamente tallados y pulidos— de los postigos y puertas reales. Todos los herrajes metálicos habían desaparecido hacía tiempo, pero algunas de las puertas permanecían en su sitio y había que apartarlas a la fuerza a medida que avanzábamos de habitación en habitación. Los marcos de las ventanas con extraños cristales transparentes —la mayoría elípticos— sobrevivían aquí y allá, aunque en cantidad no considerable. También había frecuentes nichos de gran magnitud, generalmente vacíos, pero que de vez en cuando contenían algún objeto extraño tallado en esteatita verde que o bien estaba roto o quizá se consideraba demasiado inferior para justificar su retirada. Otras aberturas estaban indudablemente conectadas con instalaciones mecánicas de antaño —calefacción, iluminación y similares— de un tipo sugerido en muchas de las tallas. Los techos solían ser lisos, pero a veces habían tenido incrustaciones de esteatita verde u otras baldosas, en su mayoría caídas ahora. Los suelos también estaban pavimentados con dichas baldosas, aunque predominaba la mampostería lisa.

Como ya he dicho, faltaban todos los muebles y otros bienes muebles; pero las esculturas daban una idea clara de los extraños artilugios que en otro tiempo habían llenado estas estancias sepulcrales y resonantes. Por encima de la sábana glaciar los suelos estaban generalmente espesos de detritus, hojarasca y escombros; pero más abajo esta condición disminuía. En algunas de las cámaras y pasillos inferiores había poco más que polvo arenoso o antiguas incrustaciones, mientras que algunas zonas ocasionales tenían un extraño aire de inmaculabilidad, como recién barridas. Por supuesto, allí donde se habían producido grietas o derrumbamientos, los niveles inferiores estaban tan llenos de basura como los superiores. Un patio central —como en otras estructuras que habíamos visto desde el aire— salvaba las regiones interiores de la oscuridad total; de modo que rara vez tuvimos que utilizar nuestras linternas eléctricas en las salas superiores, excepto cuando estudiábamos detalles esculpidos. Bajo la capa de hielo, sin embargo, el crepúsculo se hizo más profundo; y en muchas partes del enmarañado nivel del suelo se rozaba la negrura absoluta.

Para formarse una idea siquiera rudimentaria de nuestros pensamientos y sentimientos mientras penetrábamos en este laberinto eónicamente silencioso de mampostería inhumana hay que correlacionar un caos irremediablemente desconcertante de estados de ánimo, recuerdos e impresiones fugitivas. La espantosa antigüedad y la letal desolación del lugar bastaban para abrumar a casi cualquier persona sensible, pero a estos elementos se añadían el reciente horror sin explicación en el campamento y las revelaciones que demasiado pronto efectuaron las terribles esculturas murales que nos rodeaban. En el momento en que nos topamos con una sección perfecta de talla, en la que no podía existir ambigüedad alguna de interpretación, bastó un breve estudio para darnos a conocer la horrenda verdad, una verdad que sería ingenuo afirmar que Danforth y yo no habíamos sospechado antes de forma independiente, aunque nos habíamos abstenido cuidadosamente de insinuárnosla siquiera el uno al otro. Ahora ya no podía haber ninguna duda misericordiosa sobre la naturaleza de los seres que habían construido y habitado esta monstruosa ciudad muerta hace millones de años, cuando los antepasados del hombre eran primitivos mamíferos arcaicos y vastos dinosaurios vagaban por las estepas tropicales de Europa y Asia.

Antes nos habíamos aferrado a una alternativa desesperada y habíamos insistido —cada uno para sí mismo— en que la omnipresencia del motivo de cinco puntas sólo significaba alguna exaltación cultural o religiosa del objeto natural arcaico que tan patentemente había encarnado la cualidad de las cinco puntas; como los motivos decorativos de la Creta minoica exaltaban al toro sagrado, los de Egipto al escarabeo, los de Roma al lobo y al águila, y los de varias tribus salvajes a algún animal-tótem elegido. Pero este único refugio nos fue ahora arrebatado, y nos vimos obligados a enfrentarnos definitivamente a la realización que sacude la razón y que el lector de estas páginas sin duda ha anticipado hace tiempo. Apenas puedo soportar escribirlo en blanco y negro incluso ahora, pero quizá no sea necesario.

Las cosas que una vez se criaron y habitaron en esta espantosa mampostería en la era de los dinosaurios no eran en realidad dinosaurios, sino cosas mucho peores. Los meros dinosaurios eran objetos nuevos y casi descerebrados, pero los constructores de la ciudad eran sabios y ancianos, y habían dejado ciertas huellas en rocas ya entonces depositadas hace casi mil millones de años... rocas depositadas antes de que la verdadera vida de la tierra hubiera avanzado más allá de los grupos plásticos de células... rocas depositadas antes de que la verdadera vida de la tierra hubiera existido en absoluto. Eran los creadores y esclavizadores de esa vida y, sobre todo, los originales de los diabólicos mitos de los ancianos que cosas como los *Manuscritos Pnakóticos* y el *Necronomicón* insinúan con temor. Eran los Grandes Antiguos que se habían filtrado desde las estrellas cuando la Tierra era joven, los seres cuya sustancia había moldeado una evolución alienígena y cuyos poderes eran tales que este planeta nunca había criado. Y pensar que sólo el día anterior Danforth y yo habíamos contemplado fragmentos de su sustancia milenariamente fosilizada... y que el pobre Lake y su grupo habían visto sus contornos completos...

Por supuesto, me resulta imposible relatar en el orden adecuado las etapas por las que fuimos recogiendo lo que sabemos de ese monstruoso capítulo de la vida prehumana. Tras la primera conmoción de la certera revelación tuvimos que hacer una pausa para recuperarnos, y eran las tres de la tarde antes de que nos pusiéramos en marcha en nuestro recorrido real de investigación sistemática. Las esculturas del edificio en el que entramos eran de fecha relativamente tardía —quizá de hace dos millones de años—, según comprobaron las características geológicas, biológicas y astronómicas; y encarnaban un arte que se calificaría de decadente en comparación con el de los ejemplares que encontramos en edificios más antiguos tras cruzar los puentes bajo la sábana glaciar. Un edificio excavado en la roca maciza parecía remontarse cuarenta o posiblemente incluso cincuenta millones de años —al Eoceno inferior o Cretácico superior— y contenía bajorrelieves de un arte que superaba a cualquier otra cosa, con una tremenda excepción, que encontramos. Se trataba, según hemos convenido desde entonces, de la estructura doméstica más antigua que atravesamos.

Si no fuera por el apoyo de esas iluminaciones que pronto se harán públicas, me abstendría de contar lo que he encontrado e inferido, no sea que me encierren como a un loco. Por supuesto, las partes infinitamente tempranas de este relato —como un rompecabezas que representa la vida preterrestre de los seres con cabeza de estrella en otros planetas, y en otras galaxias, y en otros universos— pueden interpretarse fácilmente como la mitología fantástica de esos mismos seres; sin embargo, esas partes a veces incluían diseños y diagramas tan asombrosamente cercanos a los últimos descubrimientos de las matemáticas y la astrofísica que apenas sé qué pensar. Dejemos que otros juzguen cuando vean las fotografías que publicaré.

Naturalmente, ningún conjunto de tallas con el que nos topamos contaba más que una fracción de alguna historia conectada; ni siquiera empezamos a encontrarnos con las diversas etapas de esa historia en su orden adecuado. Algunas de las vastas salas eran unidades independientes en cuanto a sus diseños, mientras que en otros casos se desarrollaba una crónica continua a través de una serie de habitaciones y pasillos. Los mejores mapas y diagramas estaban en las paredes de un espantoso abismo por debajo incluso del antiguo nivel del suelo, una caverna de unos 200 pies cuadrados y sesenta pies de altura, que casi sin duda había sido un centro educativo de algún tipo. Había muchas repeticiones provocadoras del mismo material en diferentes salas y edificios; ya que ciertos capítulos de la experiencia, y ciertos resúmenes o fases de la historia racial, habían sido evidentemente los favoritos de diferentes decoradores o moradores. A veces, sin embargo, las variantes de un mismo tema resultaban útiles para zanjar puntos discutibles y rellenar lagunas.

Aún me sorprende que dedujéramos tanto en el poco tiempo de que dispusimos. Por supuesto, incluso ahora sólo tenemos el esbozo más básico; y gran parte de ello lo obtuvimos más tarde del estudio de las fotografías y bocetos que hicimos. Puede que sea el efecto de este estudio posterior —los recuerdos revividos y las vagas impresiones actuando en conjunción con su sensibilidad general y con esa supuesta vislumbre de horror final cuya esencia no quiere revelar ni siquiera a mí— lo que ha sido la fuente inmediata del actual colapso de Danforth. Pero tenía que ser así; porque no podríamos emitir nuestra advertencia inteligentemente sin la información más completa posible, y la emisión de esa advertencia es una necesidad primordial. Ciertas influencias persistentes en ese desconocido mundo antártico de tiempo desordenado y ley natural ajena hacen imperativo que se desaconseje seguir explorando.

VII

La historia completa, hasta donde ha sido descifrada, aparecerá en breve en un boletín oficial de la Universidad de Miskatonic. Aquí esbozaré sólo los puntos culminantes más destacados de un modo inconexo y divagante. Mito o no, las esculturas hablaban de la llegada de esas cosas con cabeza de estrella a la tierra naciente y sin vida desde el espacio cósmico... su llegada y la de muchas otras entidades extraterrestres como las que en ciertos momentos se embarcan en el pionerismo espacial. Parecían capaces de atravesar el éter interestelar con sus vastas alas membranosas, lo que confirmaba extrañamente cierto curioso folclore de las colinas que me contó hace tiempo un colega anticuario. Habían vivido largo tiempo bajo el mar, construyendo ciudades fantásticas y librando terribles batallas con adversarios sin nombre mediante intrincados dispositivos que empleaban principios de energía desconocidos. Evidentemente, sus conocimientos científicos y mecánicos superaban con creces los del hombre actual, aunque sólo hacían uso de sus formas más extendidas y elaboradas cuando se veían obligados a ello. Algunas de las esculturas sugerían que habían pasado por una etapa de vida mecanizada en otros planetas, pero que habían retrocedido al encontrar sus efectos emocionalmente insatisfactorios. Su dureza preternatural de organización y la simplicidad de sus necesidades naturales les hacían peculiarmente capaces de vivir en un plano elevado sin los frutos más especializados de la fabricación artificial, e incluso sin vestimentas salvo para protegerse ocasionalmente de los elementos.

Fue bajo el mar, al principio para alimentarse y más tarde para otros fines, donde crearon por primera vez la vida terrestre, utilizando las sustancias disponibles según métodos conocidos desde hacía mucho tiempo. Los experimentos más elaborados llegaron tras la aniquilación de varios enemigos cósmicos. Habían hecho lo mismo en otros planetas; habían fabricado no sólo los alimentos necesarios, sino ciertas masas protoplasmáticas multicelulares capaces de moldear sus tejidos en todo tipo de órganos temporales bajo influencia hipnótica y formar así esclavos ideales para realizar el pesado trabajo de la comunidad. Estas masas viscosas eran sin duda lo que Abdul Alhazred susurraba como los «shoggoths» en su espantoso *Necronomicón,* aunque ni siquiera aquel árabe loco había insinuado que existiera alguno en la tierra salvo en los sueños de quienes habían masticado cierta hierba alcaloide. Cuando los Antiguos con cabeza de estrella de este planeta hubieron sintetizado sus formas alimentarias simples y criado un buen suministro de shoggoths permitieron que otros grupos celulares se desarrollaran en otras formas de vida animal y vegetal para diversos fines; extirpando a cualquiera cuya presencia se volviera molesta.

Con la ayuda de los shoggoths, cuyas expansiones podían hacerse para levantar pesos prodigiosos, las pequeñas y bajas ciudades bajo el mar crecieron hasta convertirse en vastos e imponentes laberintos de piedra no muy distintos de los que más tarde se levantaron en tierra. De hecho, los Antiguos, altamente adaptables, habían vivido mucho en tierra en otras partes del universo, y probablemente conservaron muchas tradiciones de construcción terrestre. Mientras estudiábamos la arquitectura de todas estas ciudades paleogeas esculpidas, incluida aquella cuyos corredores muertos en el eón estábamos atravesando incluso entonces, nos impresionó una curiosa coincidencia que aún no hemos intentado explicar, ni siquiera a nosotros mismos. Las cimas de los edificios, que en la ciudad que nos rodeaba se habían convertido hacía siglos en ruinas sin forma, se veían claramente en los bajorrelieves y mostraban enormes grupos de agujas, delicados remates en los vértices de algunos conos y pirámides, así como hileras de finos discos horizontales festoneados que coronaban fustes cilíndricos. Esto era exactamente lo que habíamos visto en aquel monstruoso y portentoso espejismo, arrojado por una ciudad muerta en la que tales rasgos del horizonte habían estado ausentes durante miles y decenas de miles de años, y que se cernía sobre nuestros ojos ignorantes a través de las insondables montañas de la locura cuando nos acercamos por primera vez al malogrado campamento del pobre Lake.

De la vida de los Antiguos, tanto bajo el mar como después de que parte de ellos emigrara a tierra, podrían escribirse volúmenes. Los que se encontraban en aguas poco profundas habían seguido utilizando al máximo los ojos situados en los extremos de sus cinco tentáculos principales de la cabeza, y habían practicado las artes de la escultura y de la escritura de la forma habitual: la escritura realizada con un estilete sobre superficies de cera impermeable. Los que se encontraban más abajo, en las profundidades del océano, aunque utilizaban un curioso organismo fosforescente para proporcionar luz, componían su visión con oscuros sentidos especiales que operaban a través de los cilios prismáticos de sus cabezas, sentidos que hacían que todos los Antiguos fueran parcialmente independientes de la luz en situaciones de emergencia. Sus formas de escultura y escritura habían cambiado curiosamente durante el descenso, incorporando ciertos procesos de recubrimiento aparentemente químicos —probablemente para asegurar la fosforescencia— que los bajorrelieves no podían aclararnos. Los seres se movían en el mar en parte nadando —utilizando los brazos laterales de los crinoideos— y en parte retorciéndose con el nivel inferior de tentáculos que contenían los pseudopies. Ocasionalmente realizaban largos picados con el uso auxiliar de dos o más juegos de sus alas plegables en forma de abanico. En tierra utilizaban localmente los pseudopies, pero de vez en cuando volaban a grandes alturas o sobre largas distancias con sus alas. Los numerosos y esbeltos tentáculos en los que se ramificaban los brazos de los crinoideos eran infinitamente delicados, flexibles, fuertes y precisos en la coordinación músculo-nerviosa; garantizaban la máxima habilidad y destreza en todas las operaciones artísticas y otras operaciones manuales.

Su dureza era casi increíble. Incluso las terribles presiones de los fondos marinos más profundos parecían impotentes para dañarlas. Muy pocos parecían morir si no era con violencia, y sus lugares de entierro eran muy limitados. El hecho de que cubrieran a sus muertos inhumados verticalmente con túmulos con inscripciones de cinco puntas despertó en Danforth y en mí pensamientos que hicieron necesaria una nueva pausa y recuperación después de que las esculturas lo revelaran. Los seres se multiplicaban por medio de esporas —como las pteridofitas vegetales que Lake había sospechado— pero debido a su prodigiosa dureza y longevidad, y a la consiguiente falta de necesidades de reemplazo, no fomentaban el desarrollo a gran escala de nuevos protalos salvo cuando tenían nuevas regiones que colonizar. Los jóvenes maduraban rápidamente y recibían una educación evidentemente superior a cualquier estándar que podamos imaginar. La vida intelectual y estética imperante estaba muy evolucionada y produjo un conjunto de costumbres e instituciones tenazmente perdurables que describiré con más detalle en mi próxima monografía. Éstas variaban ligeramente según la residencia marítima o terrestre, pero tenían los mismos fundamentos y esencias.

Aunque eran capaces, como los vegetales, de nutrirse de sustancias inorgánicas, preferían ampliamente los alimentos orgánicos y, sobre todo, los animales. Comían vida marina sin cocinar bajo el mar, pero cocinaban sus viandas en tierra. Cazaban animales de caza y criaban rebaños por la carne, masacrando con armas afiladas cuyas extrañas marcas en ciertos huesos fósiles había observado nuestra expedición. Resistían maravillosamente todas las temperaturas ordinarias; y en su estado natural podían vivir en el agua hasta la congelación. Sin embargo, cuando se acercó el gran frío del Pleistoceno —hace casi un millón de años—, los habitantes de la tierra tuvieron que recurrir a medidas especiales, incluida la calefacción artificial; hasta que al final el frío mortal parece haberlos empujado de nuevo al mar. Para sus vuelos prehistóricos a través del espacio cósmico, según la leyenda, habían absorbido ciertas sustancias químicas y se habían vuelto casi independientes de las condiciones de alimentación, respiración o calor; pero en la época del gran frío habían perdido el método. En cualquier caso, no podrían haber prolongado indefinidamente el estado artificial sin sufrir daños.

Al no estar en pareja y tener una estructura semivegetal, los Antiguos no tenían una base biológica para la fase familiar propia a la vida de los mamíferos; pero parecían organizar grandes hogares según los principios de espacio-utilidad confortable y —según deducimos de las ocupaciones y diversiones ilustradas de los cohabitantes— asociación mental agradable. Al amueblar sus hogares mantenían todo en el centro de las enormes habitaciones, dejando todos los espacios de las paredes libres para el tratamiento decorativo. La iluminación, en el caso de los habitantes terrestres, se realizaba mediante un dispositivo probablemente de naturaleza electroquímica. Tanto en tierra como bajo el agua utilizaban curiosas mesas, sillas y sofás como armazones cilíndricos —pues descansaban y dormían erguidos con los tentáculos plegados— y estanterías para los juegos de bisagras de superficies punteadas que formaban sus libros.

El gobierno era evidentemente complejo y probablemente socialista, aunque no se pudieron deducir certezas a este respecto de las esculturas que vimos. Existía un amplio comercio, tanto local como entre las distintas ciudades; ciertas fichas pequeñas y planas, de cinco puntas y con inscripciones, servían como dinero. Probablemente las más pequeñas de las diversas piedras de esteatita verdosas encontradas por nuestra expedición eran piezas de tal moneda. Aunque la cultura era principalmente urbana, existía cierta agricultura y mucha ganadería. También se practicaban la minería y una cantidad limitada de manufacturas. Los viajes eran muy frecuentes, pero las migraciones permanentes parecían relativamente raras, salvo los vastos movimientos colonizadores por los que se expandía la raza. Para la locomoción personal no se utilizaba ninguna ayuda externa, ya que tanto en los desplazamientos por tierra, aire y agua los Antiguos parecían poseer capacidades de velocidad excesivamente vastas. Las cargas, sin embargo, eran arrastradas por bestias de carga: shoggoths bajo el mar, y una curiosa variedad de vertebrados primitivos en los últimos años de la existencia terrestre.

Estos vertebrados, así como una infinidad de otras formas de vida —animales y vegetales, marinas, terrestres y aéreas— eran el producto de una evolución no guiada que actuaba sobre células vitales creadas por los Antiguos pero que escapaban más allá de su radio de atención. Se les había permitido desarrollarse sin control porque no habían entrado en conflicto con los seres dominantes. Las formas molestas, por supuesto, eran mecánicamente exterminadas. Nos interesó ver en algunas de las últimas y más decadentes esculturas un mamífero primitivo y tambaleante, utilizado unas veces como alimento y otras como bufón —brindando diversión— por los habitantes de la tierra, cuyas prefiguraciones vagamente simiescas y humanas eran inconfundibles. En la construcción de las ciudades terrestres, los enormes bloques de piedra de las altas torres eran generalmente levantados por pterodáctilos de vastas alas de una especie hasta ahora desconocida para la paleontología.

La persistencia con la que los Antiguos sobrevivieron a diversos cambios geológicos y convulsiones de la corteza terrestre fue poco menos que milagrosa. Aunque pocas o ninguna de sus primeras ciudades parecen haber permanecido más allá de la era Arcaica, no hubo interrupción en su civilización ni en la transmisión de sus registros. Su lugar original de llegada al planeta fue el océano Antártico, y es probable que llegaran no mucho después de que la materia que formaba la luna fuera arrancada del vecino Pacífico Sur. Según uno de los mapas esculpidos, todo el globo estaba entonces bajo el agua, con ciudades de piedra dispersas cada vez más lejos de la Antártida a medida que pasaban los eones. Otro mapa muestra una vasta masa de tierra firme alrededor del polo sur, donde es evidente que algunos de los seres realizaron asentamientos experimentales, aunque sus centros principales se trasladaron al fondo marino más cercano. Mapas posteriores, que muestran esta masa de tierra agrietándose y a la deriva, enviando ciertas partes desprendidas hacia el norte, confirman de forma sorprendente las teorías de la deriva continental avanzadas últimamente por Taylor, Wegener y Joly.

Con el alzamiento de nuevas tierras en el Pacífico Sur comenzaron tremendos acontecimientos. Algunas de las ciudades marinas quedaron irremediablemente destrozadas, pero ésa no fue la peor desgracia. Otra raza —una raza terrestre de seres con forma de pulpo y probablemente correspondientes a los fabulosos engendros prehumanos de Cthulhu— pronto comenzó a filtrarse desde el infinito cósmico y precipitó una guerra monstruosa que durante un tiempo hizo retroceder a los Antiguos totalmente al mar —un golpe colosal en vista de los crecientes asentamientos terrestres. Más tarde se hizo la paz y las nuevas tierras fueron entregadas a los engendros de Cthulhu, mientras que los Antiguos conservaron el mar y las tierras más antiguas. Se fundaron nuevas ciudades terrestres, la mayor de ellas en la Antártida, pues esta región donde primero llegaron era sagrada. A partir de entonces, como antes, la Antártida siguió siendo el centro de la civilización de los Antiguos, y todas las ciudades descubribles construidas allí por los engendros de Cthulhu fueron borradas. Entonces, de repente, las tierras del Pacífico volvieron a hundirse, llevándose consigo la espantosa ciudad de piedra de R'lyeh y todos los pulpos cósmicos, de modo que los Antiguos volvieron a ser supremos en el planeta, salvo por un temor sombrío del que no les gustaba hablar. En una época bastante posterior sus ciudades salpicaron todas las zonas terrestres y acuáticas del globo —de ahí la recomendación en mi próxima monografía de que algún arqueólogo realice sondeos sistemáticos con el tipo de aparato de Pabodie en ciertas regiones muy separadas—.

La tendencia constante a lo largo de los tiempos fue del agua a la tierra; un movimiento alentado por el surgimiento de nuevas masas de tierra, aunque el océano nunca estuvo totalmente desierto. Otra causa del movimiento hacia tierra fue la nueva dificultad para criar y manejar los shoggoths de los que dependía el éxito de la vida marina. Con la marcha del tiempo, como confesaban tristemente las esculturas, se había perdido el arte de crear nueva vida a partir de materia inorgánica, de modo que los Antiguos tuvieron que depender del moldeado de formas ya existentes. En tierra los grandes reptiles resultaron muy manejables; pero los shoggoths del mar, que se reproducían por fisión y adquirían un peligroso grado de inteligencia accidental, presentaron durante un tiempo un problema formidable.

Siempre habían sido controlados a través de la sugestión hipnótica de los Antiguos, y habían modelado su dura plasticidad en diversos miembros y órganos temporales útiles; pero ahora sus poderes de automodelación se ejercían a veces de forma independiente, y en diversas formas imitativas implantadas por la sugestión pasada. Al parecer, habían desarrollado un cerebro semiestable cuya volición separada y ocasionalmente obstinada se hacía eco de la voluntad de los Antiguos sin obedecerla siempre. Las imágenes esculpidas de estos shoggoths nos llenaban a Danforth y a mí de horror y aversión. Eran entidades normalmente informes, compuestas de una gelatina viscosa que parecía una aglutinación de burbujas; y cada una medía unos quince pies de diámetro cuando era una esfera. Tenían, sin embargo, una forma y un volumen constantemente cambiantes; lanzando desarrollos temporales o formando órganos aparentes de la vista, el oído y el habla a imitación de sus amos, ya fuera espontáneamente o según la sugestión.

Parece que se volvieron peculiarmente intratables hacia la mitad de la era Pérmica, hace unos 150 millones de años, cuando los Antiguos marinos libraron contra ellos una verdadera guerra de sometimiento. Las imágenes de esta guerra, y de la forma descabezada y cubierta de limo en la que los shoggoths solían abandonar a sus víctimas asesinadas, conservaban una cualidad maravillosamente temible a pesar del abismo intermedio de edades incalculables. Los Antiguos habían utilizado curiosas armas de perturbación molecular contra las entidades rebeldes y al final habían logrado una victoria completa. A partir de entonces, las esculturas mostraban un periodo en el que los shoggoths eran domados por los Antiguos armados como los caballos salvajes del oeste americano eran domados por los vaqueros. Aunque durante la rebelión los shoggoths habían demostrado su capacidad para vivir fuera del agua, no se fomentó esta transición, ya que su utilidad en tierra difícilmente habría sido proporcional a los problemas de su manejo.

Durante la era jurásica, los Antiguos se enfrentaron a una nueva adversidad que tomó la forma de una invasión del espacio exterior, esta vez por criaturas medio fúngicas, medio crustáceas de un planeta identificable como el remoto y recientemente descubierto Plutón; criaturas indudablemente iguales a las que figuran en ciertas leyendas susurradas de las colinas del norte, y recordadas en el Himalaya como los Mi-Go, u Hombres de las Nieves Abominables. Para luchar contra estos seres, los Antiguos intentaron, por primera vez desde su advenimiento terrestre, adentrarse de nuevo en el éter planetario; pero a pesar de todos los preparativos tradicionales se encontraron con que ya no era posible abandonar la atmósfera terrestre. Cualquiera que hubiera sido el antiguo secreto de los viajes interestelares, ahora estaba definitivamente perdido para la raza. Al final, los Mi-Go expulsaron a los Antiguos de todas las tierras del norte, aunque fueron impotentes para molestar a los del mar. Poco a poco comenzaba la lenta retirada de la raza de los Antiguos a su hábitat antártico original.

Fue curioso observar en las batallas ilustradas que tanto los engendros de Cthulhu como los Mi-Go parecen haber estado compuestos de una materia más ampliamente diferente de la que conocemos que la sustancia de los Antiguos. Eran capaces de sufrir transformaciones y reintegraciones imposibles para sus adversarios, y por ello parecen haber procedido originalmente de golfos aún más remotos del espacio cósmico. Los Antiguos, salvo por su dureza anormal y sus peculiares propiedades vitales, eran estrictamente materiales, y debieron tener su origen absoluto dentro del continuo del espacio-tiempo conocido; mientras que las primeras fuentes de los demás seres sólo pueden adivinarse con suspicacia. Todo esto, por supuesto, suponiendo que los vínculos no terrestres y las anomalías atribuidas a los enemigos invasores no sean pura mitología. Concebiblemente, los Antiguos podrían haber inventado un marco cósmico para explicar sus derrotas ocasionales; ya que el interés histórico y el orgullo formaban obviamente su principal elemento psicológico. Es significativo que sus anales no mencionaran a muchas razas de seres avanzados y potentes cuyas poderosas culturas y elevadas ciudades figuran persistentemente en ciertas leyendas oscuras.

El estado cambiante del mundo a través de largas eras geológicas aparece con asombrosa viveza en muchos de los mapas y escenas esculpidos. En ciertos casos, la ciencia existente deberá revisarse, mientras que en otros sus audaces deducciones se confirman magníficamente. Como ya he dicho, la hipótesis de Taylor, Wegener y Joly de que todos los continentes son fragmentos de una masa terrestre antártica original que se resquebrajó por la fuerza centrífuga y se separó sobre una superficie inferior técnicamente viscosa —una hipótesis sugerida por hechos como los contornos complementarios de África y Sudamérica, y la forma en que las grandes cadenas montañosas se enrollan y empujan hacia arriba— recibe un apoyo sorprendente de esta fuente insólita.

Los mapas que mostraban evidentemente el mundo carbonífero de hace cien millones de años o más mostraban importantes grietas y abismos destinados a separar más tarde África de los reinos antaño continuos de Europa (entonces la Valusia de la leyenda infernal primigenia), Asia, las Américas y el continente antártico. Otras cartas —y la más significativa en relación con la fundación hace cincuenta millones de años de la vasta ciudad muerta que nos rodea— mostraban todos los continentes actuales bien diferenciados. Y en el último espécimen descubrible —que data quizá del Plioceno— aparecía con bastante claridad el mundo aproximado de hoy a pesar de la unión de Alaska con Siberia, de Norteamérica con Europa a través de Groenlandia y de Sudamérica con el continente antártico a través de la Tierra de Graham. En el mapa del Carbonífero todo el globo —fondo oceánico y masa terrestre rasgada por igual— era símbolo de las vastas ciudades de piedra de los Antiguos, pero en los mapas posteriores el retroceso gradual hacia la Antártida se hizo muy patente. El último ejemplar del Plioceno no mostraba ciudades terrestres excepto en el continente antártico y la punta de Sudamérica, ni ciudades oceánicas al norte del paralelo 50 de latitud sur. El conocimiento y el interés por el mundo septentrional, salvo por un estudio de las líneas costeras realizado probablemente durante largos vuelos de exploración en esas alas membranosas en forma de abanico, había descendido evidentemente a cero entre los Antiguos.

La destrucción de ciudades por el empuje de las montañas, el desgarro centrífugo de los continentes, las convulsiones sísmicas de la tierra o del fondo del mar y otras causas naturales era un hecho común; y era curioso observar cómo se hacían cada vez menos reemplazos a medida que avanzaban las eras. La vasta megalópolis muerta que se abría a nuestro alrededor parecía ser el último centro general de la raza; construida a principios de la era Cretácea después de que un titánico terremoto borró un predecesor aún más vasto no muy distante. Al parecer, esta región general era el lugar más sagrado de todos, donde supuestamente se habían asentado los primeros Antiguos en un primigenio fondo marino. En la nueva ciudad —muchos de cuyos rasgos pudimos reconocer en las esculturas, pero que se extendía a lo largo de un centenar de millas a lo largo de la cadena montañosa en cada dirección más allá de los límites más lejanos de nuestro estudio aéreo— se decía que se conservaban ciertas piedras sagradas que formaban parte de la primera ciudad del fondo del mar, que salieron a la luz después de largas épocas en el curso del desmoronamiento general de los estratos.

VIII

Naturalmente, Danforth y yo estudiamos con especial interés y un peculiar sentido del asombro todo lo relativo al distrito inmediato en el que nos encontrábamos. De este material local había, naturalmente, una gran abundancia; y en el enmarañado nivel del suelo de la ciudad tuvimos la suerte de encontrar una casa de fecha muy tardía cuyas paredes, aunque algo dañadas por una grieta vecina, contenían esculturas de factura decadente que continuaban la historia de la región mucho más allá del periodo del mapa del Plioceno del que obtuvimos nuestro último atisbo general del mundo prehumano. Este fue el último lugar que examinamos en detalle, ya que lo que encontramos allí nos proporcionó un nuevo objetivo inmediato.

Ciertamente, nos encontrábamos en uno de los rincones más extraños, raros y terribles de todo el globo terráqueo. De todas las tierras existentes era infinitamente la más antigua; y creció en nosotros la convicción de que esta horrenda altiplanicie debía ser, en efecto, la legendaria meseta pesadillesca de Leng de la que incluso el loco autor del *Necronomicón* se resistía a hablar. La gran cadena montañosa era tremendamente larga: comenzaba como una cordillera baja en Luitpold Land, en la costa del mar de Weddell, y cruzaba prácticamente todo el continente. La parte realmente alta se extendía en un poderoso arco desde aproximadamente 82° de latitud, 60° de longitud este hasta 70° de latitud, 115° de longitud este, con su lado cóncavo hacia nuestro campamento y su extremo hacia el mar en la región de esa larga costa bloqueada por el hielo cuyas colinas vislumbraron Wilkes y Mawson en el Círculo Polar Antártico.

Sin embargo, exageraciones aún más monstruosas de la Naturaleza parecían inquietantemente cercanas. He dicho que estos picos son más altos que el Himalaya, pero las esculturas me prohíben decir que son los más altos de la Tierra. Ese sombrío honor está sin duda reservado a algo que la mitad de las esculturas dudaron en registrar en absoluto, mientras que otras se acercaron con evidente repugnancia y estremecimiento. Parece ser que había una parte de la antigua tierra —la primera que surgió de las aguas después de que la tierra se hubiera desprendido de la luna y los Antiguos se hubieran filtrado desde las estrellas— que había llegado a ser rechazada como vagamente e innominadamente maligna. Las ciudades construidas allí se habían desmoronado antes de tiempo y se habían encontrado repentinamente desiertas. Luego, cuando la primera gran sacudida de la tierra había convulsionado la región en la era comanchiana, una espantosa línea de picos se había disparado de repente en medio del estruendo y el caos más espantosos, y la tierra había recibido sus montañas más altas y terribles.

Si la escala de las tallas era correcta, estas cosas aborrecibles debían de medir mucho más de 40.000 pies de altura, radicalmente más vastas incluso que las impactantes montañas de la locura que habíamos cruzado. Se extendían, al parecer, desde aproximadamente 77° de latitud, 70° de longitud este hasta 70° de latitud, 100° de longitud este, a menos de 300 millas de la ciudad muerta, de modo que habríamos divisado sus temidas cumbres en la tenue distancia occidental de no haber sido por aquella vaga bruma opalescente. Su extremo septentrional también debe ser visible desde la larga línea costera del Círculo Antártico, en la Tierra de la Reina María.

Algunos de los Antiguos, en los días de decadencia, habían dirigido extrañas plegarias a aquellas montañas; pero ninguno se acercó jamás a ellas ni se atrevió a adivinar lo que había más allá. Ningún ojo humano las había visto jamás, y mientras estudiaba las emociones que transmitían las tallas recé para que ninguno pudiera hacerlo nunca. Hay colinas protectoras a lo largo de la costa más allá de ellas —las Tierras de la Reina María y del Káiser Guillermo— y doy gracias al cielo porque nadie haya sido capaz de aterrizar y escalar esas colinas. Ya no soy tan escéptico sobre los viejos cuentos y temores como solía serlo, y ahora no me río de la idea del escultor prehumano de que los relámpagos se detenían significativamente de vez en cuando en cada una de las melancólicas crestas, y de que un inexplicable resplandor brillaba desde uno de esos terribles pináculos durante toda la larga noche polar. Puede que haya un significado muy real y muy monstruoso en los viejos susurros pnakóticos sobre Kadath en el Desierto Frío.

Pero el terreno cercano no era menos extraño, aunque sí menos innombrablemente maldito. Poco después de la fundación de la ciudad, la gran cordillera se convirtió en la sede de los principales templos, y muchas tallas mostraban qué torres grotescas y fantásticas habían perforado el cielo donde ahora sólo vemos los cubos y las murallas curiosamente aferradas. En el transcurso de las épocas habían aparecido las cuevas, que se habían convertido en anexos de los templos. Con el avance de épocas aún más tardías, todas las vetas calizas de la región fueron ahuecadas por las aguas subterráneas, de modo que las montañas, las estribaciones y las llanuras situadas bajo ellas constituían una verdadera red de cavernas y galerías conectadas entre sí. Muchas esculturas gráficas hablaban de exploraciones en las profundidades subterráneas y del descubrimiento final del estigio mar sin sol que acechaba en las entrañas de la tierra.

Sin duda, este vasto golfo nocturno había sido desgastado por el gran río que descendía de las montañas sin nombre y horribles del oeste, y que antes había girado en la base de la cordillera de los Antiguos y fluido junto a esa cadena hacia el océano Índico, entre Budd y Totten Lands, en la línea costera de Wilkes. Poco a poco había ido carcomiendo la base de las colinas calizas en su giro, hasta que por fin sus corrientes socavadoras alcanzaron las cavernas de las aguas subterráneas y se unieron a ellas para cavar un abismo más profundo. Finalmente todo su caudal se vació en las hondonadas de las colinas y dejó seco el antiguo lecho hacia el océano. Gran parte de la ciudad posterior, tal como la encontramos ahora, se había construido sobre ese antiguo lecho. Los Antiguos, comprendiendo lo que había sucedido, y ejerciendo su siempre agudo sentido artístico, habían esculpido en ornamentados pilones aquellos promontorios de las estribaciones donde el gran torrente iniciaba su descenso hacia la oscuridad eterna.

Este río, antaño cruzado por decenas de nobles puentes de piedra, era claramente aquel cuyo curso extinguido habíamos visto en nuestro reconocimiento aéreo. Su posición en las diferentes esculturas de la ciudad nos ayudó a orientarnos en la escena tal y como había sido en diversas etapas de la historia milenaria y eónicamente muerta de la región; de modo que pudimos esbozar un mapa apresurado pero cuidadoso de los rasgos más destacados —plazas, edificios importantes y similares— para orientarnos en exploraciones posteriores. Pronto pudimos reconstruir con la imaginación todo el estupendo conjunto tal y como era hace un millón o diez millones o cincuenta millones de años, ya que las esculturas nos decían exactamente qué aspecto habían tenido los edificios y las montañas y las plazas y los suburbios y el entorno paisajístico y la exuberante vegetación terciaria. Debía de tener una belleza maravillosa y mística, y al pensar en ello casi olvidé la sensación viscosa de opresión siniestra con la que la edad inhumana y la masividad y la muerte y la lejanía y el crepúsculo glacial de la ciudad habían ahogado y agobiado mi espíritu. Sin embargo, según ciertas tallas, los propios habitantes de aquella ciudad habían conocido el terror opresivo, pues había un tipo de escena sombría y recurrente en la que se mostraba a los Antiguos retrocediendo con miedo ante algún objeto —que nunca se permitía que apareciera en el diseño— encontrado en el gran río y que se indicaba como arrastrado por los ondulantes bosques de cícadas cubiertos de enredaderas desde aquellas horribles montañas del oeste.

Sólo en la única casa de construcción tardía con tallas de la decadencia obtuvimos algún presagio de la calamidad final que condujo a la deserción de la ciudad. Sin duda debió de haber muchas esculturas de la misma época en otros lugares, incluso teniendo en cuenta las energías y aspiraciones decaídas de un periodo estresante e incierto; de hecho, pruebas muy ciertas de la existencia de otras nos llegaron poco después. Pero éste fue el primer y único conjunto que encontramos directamente. Teníamos la intención de seguir buscando más adelante; pero como he dicho, las condiciones inmediatas dictaban otro objetivo presente. Sin embargo, habría habido un límite, pues después de que toda esperanza de una larga ocupación futura del lugar hubiera perecido entre los Antiguos, no podía sino haber habido un cese completo de la decoración mural. El golpe definitivo, por supuesto, fue la llegada del gran frío mantuvo esclavizada a la mayor parte de la tierra y que nunca se ha alejado de los malhadados polos —el gran frío que, en el otro extremo del mundo, puso fin a las legendarias tierras de Lomar e Hiperbórea—.

Cuándo comenzó esta tendencia en el Antártico sería difícil decirlo en términos de años exactos. Hoy en día fijamos el inicio de los periodos glaciares generales a unos 500.000 años del presente, pero en los polos el terrible azote debió de comenzar mucho antes. Todas las estimaciones cuantitativas son en parte conjeturas; pero es bastante probable que las esculturas decadentes se hicieran hace bastante menos de un millón de años, y que la deserción real de la ciudad se completara mucho antes del inicio convencional del Pleistoceno —hace 500.000 años—, calculada en términos de toda la superficie terrestre.

En las esculturas de la decadencia había signos de una vegetación más rala por todas partes, y de una vida campestre disminuida por parte de los Antiguos. Se mostraban aparatos de calefacción en las casas y se representaba a los viajeros invernales envueltos en telas protectoras. Luego vimos una serie de cartelas (la disposición en bandas continuas se interrumpe con frecuencia en estas tallas tardías) que representaban una migración en constante aumento hacia los refugios más cercanos de mayor calor —algunos huían a ciudades bajo el mar en la costa lejana, y otros descendían trepando por redes de cavernas de piedra caliza en las colinas huecas hasta el vecino abismo negro de aguas subterráneas—.

Al final parece haber sido el abismo vecino el que recibió la mayor colonización. Esto se debió en parte, sin duda, al carácter sagrado tradicional de esta región especial; pero puede haber sido determinado de forma más concluyente por las oportunidades que ofrecía para continuar el uso de los grandes templos en las montañas alveoladas, y para conservar la vasta ciudad terrestre como lugar de residencia estival y base de comunicación con diversas minas. La vinculación de las antiguas y las nuevas moradas se hizo más efectiva mediante varios escalonamientos y mejoras a lo largo de las rutas de conexión, incluido el cincelado de numerosos túneles directos desde la antigua metrópoli hasta el negro abismo, túneles que apuntaban bruscamente hacia abajo y cuyas bocas dibujamos cuidadosamente, según nuestras estimaciones más meditadas, en el mapa guía que estábamos compilando. Era obvio que al menos dos de estos túneles se encontraban a una distancia de exploración razonable de donde nos hallábamos; ambos estaban en el borde montañoso de la ciudad, uno a menos de un cuarto de milla hacia el antiguo curso del río, y el otro quizá al doble de esa distancia en dirección opuesta.

El abismo, al parecer, tenía orillas de tierra firme en ciertos lugares; pero los Antiguos construyeron su nueva ciudad bajo el agua, sin duda por su mayor seguridad de calor uniforme. La profundidad del mar oculto parece haber sido muy grande, de modo que el calor interno de la tierra podía asegurar su habitabilidad durante un periodo indefinido. Los seres no parecen haber tenido problemas para adaptarse a la residencia a tiempo parcial —y finalmente, por supuesto, a tiempo completo— bajo el agua, ya que nunca permitieron que sus sistemas branquiales se atrofiaran. Había muchas esculturas que mostraban cómo siempre habían visitado con frecuencia a sus parientes submarinos en otros lugares, y cómo se habían bañado habitualmente en el profundo fondo de su gran río. La oscuridad del interior de la tierra tampoco podía haber sido un impedimento para una raza acostumbrada a las largas noches antárticas.

Por decadente que fuera sin duda su estilo, estas últimas tallas tenían una cualidad verdaderamente épica cuando relataban la construcción de la nueva ciudad en el mar de las cavernas. Los Antiguos lo habían hecho de forma científica; extrayendo rocas insolubles del corazón de las montañas alveoladas y empleando a trabajadores expertos de la ciudad submarina más cercana para llevar a cabo la construcción según los mejores métodos. Estos trabajadores trajeron consigo todo lo necesario para establecer la nueva empresa —tejido de shoggoth con el que criar levantadores de piedras y posteriores bestias de carga para la ciudad cavernícola, y otra materia protoplasmática para moldear en organismos fosforescentes para conseguir iluminación—.

Por fin se levantó una poderosa metrópolis en el fondo de ese mar estigio; su arquitectura muy parecida a la de la ciudad superior, y su mano de obra mostrando relativamente poca decadencia debido al preciso elemento matemático inherente a las operaciones de construcción. Los shoggoths recién criados crecían hasta alcanzar un tamaño enorme y una inteligencia singular, y se les representaba recibiendo y ejecutando órdenes con una rapidez maravillosa. Parecían conversar con los Antiguos imitando sus voces —una especie de gorjeo musical en un amplio rango, si la disección del pobre Lake había indicado bien— y trabajar más a partir de órdenes habladas que de sugestiones hipnóticas como en épocas anteriores. Sin embargo, se mantenían bajo un control admirable. Los organismos fosforescentes suministraban luz con gran eficacia, y sin duda expiaban la pérdida de las familiares auroras polares de la noche del mundo exterior.

Se continuó con el arte y la decoración, aunque, por supuesto, con cierta decadencia. Los Antiguos parecían darse cuenta ellos mismos de esta decadencia; y en muchos casos se anticiparon a la política de Constantino el Grande transplantando bloques especialmente finos de talla antigua de su ciudad terrestre, del mismo modo que el emperador, en una época similar de decadencia, despojó a Grecia y Asia de su mejor arte para dotar a su nueva capital bizantina de mayores esplendores de los que su propia gente podía crear. El hecho de que el traslado de bloques esculpidos no fuera más extenso se debió sin duda a que la ciudad terrestre no fue abandonada del todo al principio. Para cuando se produjo el abandono total —y seguramente debió de ocurrir antes de que el Pleistoceno polar estuviera muy avanzado—, los Antiguos tal vez se habían dado por satisfechos con su arte decadente o habían dejado de reconocer el mérito superior de las tallas más antiguas. En cualquier caso, las ruinas silenciosas como un eón que nos rodeaban ciertamente no habían sufrido una denudación escultórica al por mayor; aunque todas las mejores estatuas separadas, como otros bienes muebles, habían sido retiradas.

Las cartelas y bordillos de la decadencia que relataban esta historia eran, como he dicho, lo último que pudimos encontrar en nuestra limitada búsqueda. Nos dejaron una imagen de los Antiguos yendo y viniendo entre la ciudad terrestre en verano y la ciudad-caverna marina en invierno, y a veces comerciando con las ciudades del fondo marino de la costa antártica. Para entonces ya se debía haber reconocido la perdición definitiva de la ciudad terrestre, pues las esculturas mostraban muchos signos de las malignas invasiones del frío. La vegetación declinaba y las terribles nieves del invierno ya no se derretían por completo ni siquiera en pleno verano. El ganado saurio estaba casi todo muerto, y los mamíferos no lo soportaban demasiado bien. Para seguir con el trabajo del mundo superior se había hecho necesario adaptar algunos de los shoggoths amorfos y curiosamente resistentes al frío a la vida terrestre; algo que los Antiguos se habían mostrado reacios a hacer. El gran río carecía ahora de vida, y el mar superior había perdido la mayoría de sus habitantes, salvo las focas y las ballenas. Todas las aves habían volado, salvo los grandes y grotescos pingüinos.

Lo que había sucedido después sólo podíamos adivinarlo. ¿Cuánto tiempo había sobrevivido la nueva ciudad de las cavernas marinas? ¿Seguía ahí abajo, un cadáver pétreo en la negrura eterna? ¿Se habían congelado por fin las aguas subterráneas? ¿A qué destino habían sido entregadas las ciudades del fondo oceánico del mundo exterior? ¿Alguno de los Antiguos se había desplazado hacia el norte por delante de la rastrera capa de hielo? La geología existente no muestra ningún rastro de su presencia. ¿Seguía siendo el temible Mi-Go una amenaza en el mundo terrestre exterior del norte? ¿Se podía estar seguro de lo que podría o no persistir aún hoy en los abismos sin luz y sin sondear de las aguas más profundas de la Tierra? Al parecer, esas cosas han sido capaces de resistir cualquier presión, y los hombres de mar han pescado objetos curiosos en ocasiones. ¿Y la teoría de la ballena asesina ha explicado realmente las salvajes y misteriosas cicatrices en las focas antárticas observadas hace una generación por Borchgrevingk?

Los ejemplares encontrados por el pobre Lake no entraban en estas conjeturas, pues su emplazamiento geológico demostraba que habían vivido en lo que debió ser una fecha muy temprana de la historia de la ciudad terrestre. Tenían, según su ubicación, seguramente no menos de treinta millones de años; y reflexionamos que en su época la ciudad-caverna marina, y de hecho la caverna misma, no tenían existencia. Habrían recordado una escena más antigua, con una exuberante vegetación terciaria por todas partes, una ciudad terrestre más joven de florecientes artes a su alrededor, y un gran río que barría hacia el norte a lo largo de la base de las poderosas montañas hacia un lejano océano trópico.

Y sin embargo, no podíamos dejar de pensar en esos especímenes, especialmente en los ocho perfectos que faltaban en el horriblemente devastado campamento de Lake. Había algo anormal en todo aquel asunto: las cosas extrañas que tanto habíamos intentado atribuir a la locura de alguien, aquellas espantosas tumbas, la cantidad y la naturaleza del material que faltaba, Gedney, la dureza sobrenatural de aquellas monstruosidades arcaicas y los extraños fenómenos vitales que las esculturas mostraban que ahora tenía la raza... Danforth y yo habíamos visto mucho en las últimas horas, y estábamos preparados para creer y callar sobre muchos secretos espantosos e increíbles de la Naturaleza primigenia.

IX

He dicho que nuestro estudio de las esculturas de la decadencia provocó un cambio en nuestro objetivo inmediato. Éste tenía que ver, por supuesto, con las avenidas cinceladas hacia el negro mundo interior, de cuya existencia no habíamos sabido antes, pero que ahora estábamos ansiosos por encontrar y recorrer. Por la evidente escala de las tallas dedujimos que un empinado descenso de aproximadamente una milla a través de cualquiera de los túneles vecinos nos llevaría al borde de los vertiginosos acantilados sin sol sobre el gran abismo; por cuya ladera bajaban senderos adecuados, mejorados por los Antiguos, que conducían a la orilla rocosa del océano oculto y nocturno. Contemplar este fabuloso abismo en la cruda realidad era un señuelo al que parecía imposible resistirse una vez que lo sabíamos; sin embargo, nos dimos cuenta de que debíamos iniciar la búsqueda de inmediato si esperábamos incluirlo en nuestro presente vuelo.

Eran ya las 8 P.M. y no teníamos suficientes baterías de repuesto para que nuestras linternas funcionaran sin parar. Habíamos estudiado y copiado tanto por debajo del nivel glaciar que nuestras baterías habían tenido al menos cinco horas de uso casi continuo; y a pesar de la fórmula especial de batería seca, obviamente sólo servirían para unas cuatro más; aunque si manteníamos una linterna sin usar, excepto en lugares especialmente interesantes o difíciles, podríamos conseguir un margen seguro más allá de eso. No estaría bien quedarse sin luz en estas catacumbas ciclópeas, por lo que para hacer el viaje al abismo debíamos renunciar a seguir descifrando murales. Por supuesto, teníamos la intención de volver a visitar el lugar durante días y tal vez semanas de estudio intensivo y fotografía —hace tiempo que la curiosidad pudo más que el horror—, pero ahora debíamos apresurarnos. Nuestro suministro de papel de rastreo distaba mucho de ser ilimitado, y éramos reacios a sacrificar cuadernos de repuesto o papel de dibujo para aumentarlo; pero utilizamos un cuaderno grande. En el peor de los casos, podíamos recurrir a picar rocas y, por supuesto, sería posible, incluso en caso de pérdida real de la dirección, llegar a plena luz del día por un canal u otro si se nos concedía tiempo suficiente para el ensayo y error en abundancia. Así que al final partimos con impaciencia en la dirección indicada del túnel más cercano.

Según los grabados a partir de los cuales habíamos confeccionado nuestro mapa, la boca del túnel deseada no podía estar a mucho más de un cuarto de milla de donde nos encontrábamos; el espacio intermedio mostraba edificios de aspecto sólido bastante susceptibles de ser penetrables aún a un nivel subglacial. La propia abertura estaría en el sótano —en el ángulo más cercano a las estribaciones— de una vasta estructura de cinco puntas de carácter evidentemente público y tal vez ceremonial, que intentamos identificar a partir de nuestro reconocimiento aéreo de las ruinas. No nos vino a la mente ninguna estructura de este tipo al recordar nuestro vuelo, por lo que concluimos que sus partes superiores habían sido muy dañadas, o que había quedado totalmente destrozada en una grieta de hielo que habíamos observado. En este último caso, el túnel probablemente resultaría estar atascado, por lo que tendríamos que probar con el siguiente más cercano, el que se encontraba a menos de una milla hacia el norte. El curso del río impedía que probáramos ninguno de los túneles situados más al sur en este viaje; y de hecho, si los dos túneles vecinos estaban atascados era dudoso que nuestras baterías justificaran un intento en el siguiente situado más al norte, aproximadamente una milla más allá de nuestra segunda opción.

Mientras enhebrábamos nuestro tenue camino a través del laberinto con la ayuda de un mapa y una brújula —atravesando habitaciones y pasillos en todas las fases de ruina o conservación, trepando por rampas, cruzando pisos superiores y puentes y volviendo a descender, encontrándonos con puertas atascadas y montones de escombros, apresurándonos de vez en cuando a lo largo de tramos finamente conservados e increíblemente inmaculados, tomando pistas falsas y desandando nuestro camino (en esos casos eliminando el rastro ciego de papel que habíamos dejado), y de vez en cuando golpeando el fondo de un pozo abierto a través del cual la luz del día se derramaba o goteaba hacia abajo— fuimos repetidamente tentados por las paredes esculpidas a lo largo de nuestra ruta. Muchos debían de contar historias de inmensa importancia histórica, y sólo la perspectiva de visitas posteriores nos reconcilió con la necesidad de pasar de largo. Así las cosas, de vez en cuando aminorábamos la marcha y encendíamos nuestra segunda linterna. Si hubiéramos tenido más película, sin duda nos habríamos detenido brevemente para fotografiar algunos bajorrelieves, pero la laboriosa copia a mano estaba claramente fuera de consideración.

Llego ahora una vez más a un punto en el que la tentación de dudar, o de insinuar en lugar de afirmar, es muy fuerte. Sin embargo, es necesario revelar el resto para justificar mi proceder al desalentar una exploración más profunda. Nos habíamos abierto camino muy cerca del lugar calculado de la boca del túnel —habíamos cruzado un puente en el segundo piso hasta lo que parecía claramente la punta de un muro puntiagudo, y descendido hasta un pasillo ruinoso especialmente rico en esculturas de factura tardía decadentemente elaboradas y aparentemente rituales— cuando, hacia las 8:30 P.M., las agudas y jóvenes fosas nasales de Danforth nos dieron el primer indicio de algo inusual. Si hubiéramos tenido un perro con nosotros, supongo que nos habrían avisado antes. Al principio no podíamos decir con precisión qué le pasaba al aire antes cristalino, pero al cabo de unos segundos nuestra memoria reaccionó con demasiada seguridad. Permítanme intentar exponer la cosa sin inmutarme. Había un olor, y ese olor era vaga, sutil e inconfundiblemente parecido al que nos había producido náuseas al abrir la tumba demente del horror que el pobre Lake había disecado.

Por supuesto, la revelación no estaba tan claramente delineada en aquel momento como suena ahora. Había varias explicaciones concebibles, y susurramos nuestra indecisión por largo tiempo Lo más importante de todo es que no nos retiramos sin investigar más a fondo, ya que habiendo llegado tan lejos, nos resistíamos a dejarnos intimidar por cualquier cosa que no fuera un desastre seguro. De todos modos, lo que debíamos sospechar era demasiado descabellado para creerlo. Tales cosas no ocurrían en ningún mundo normal. Probablemente fue el puro instinto irracional lo que nos hizo atenuar nuestra única linterna —ya no tentados por las decadentes y siniestras esculturas que se asomaban amenazadoras desde las opresivas paredes— y lo que suavizó nuestro avance a un cauteloso caminar de puntillas y a arrastrarnos sobre un suelo cada vez más lleno de basura y montones de escombros.

Los ojos de Danforth, así como su olfato, demostraron ser mejores que los míos, pues también fue él quien advirtió por primera vez el aspecto extraño de los escombros después de que hubiéramos pasado por muchos arcos torcidos a medias que conducían a cámaras y pasillos en el nivel del suelo. No tenía el aspecto que debiera tras incontables miles de años de abandono, y cuando encendimos cautelosamente más luz vimos que una especie de hilera parecía haber sido recorrida recientemente. La naturaleza irregular de la hojarasca impedía cualquier marca definida, pero en los lugares más lisos había sugerencias del arrastre de objetos pesados. Una vez pensamos que había un indicio de huellas paralelas, como de algo corriendo. Esto fue lo que nos hizo detenernos de nuevo.

Fue durante esa pausa cuando percibimos —esta vez simultáneamente— el otro olor que nos precedía. Paradójicamente, era a la vez un olor menos espantoso y más espantoso... menos espantoso intrínsecamente, pero infinitamente espantoso en este lugar en las circunstancias conocidas... a menos, por supuesto, que Gedney.... Pues el olor era el simple y familiar de la gasolina común de todos los días.

Nuestra motivación después de eso es algo que dejaré a los psicólogos. Ahora sabíamos que alguna terrible extensión de los horrores del campo debía haberse arrastrado hasta este lugar de enterramiento nocturno de los eones, por lo que ya no podíamos dudar de la existencia de condiciones sin nombre —presentes o al menos recientes— justo delante. Sin embargo, al final dejamos que la pura curiosidad ardiente, o la ansiedad, o el autohipnotismo, o los vagos pensamientos de responsabilidad hacia Gedney, o lo que no, nos impulsaran a seguir adelante. Danforth volvió a susurrar sobre la huella que creía haber visto en el giro del callejón en las ruinas de arriba; y sobre el débil gorjeo musical —potencialmente de tremendo significado a la luz del informe de disección de Lake a pesar de su gran parecido con los ecos de boca de cueva de las cumbres ventosas— que poco después creyó haber oído a medias desde profundidades desconocidas. Yo, a mi vez, murmuraba sobre cómo había quedado el campamento, sobre lo que había desaparecido y sobre cómo la locura de un superviviente solitario podría haber concebido lo inconcebible —un viaje salvaje a través de las monstruosas montañas y un descenso a la desconocida mampostería primigenia—.

Pero no pudimos convencernos mutuamente, ni siquiera a nosotros mismos, de nada definitivo. Habíamos apagado toda luz al quedarnos quietos, y notamos vagamente que un rastro del día arriba nuestro profundamente filtrado impedía que la negrura fuera absoluta. Habiendo comenzado a avanzar automáticamente, nos guiamos por los destellos ocasionales de nuestra linterna. Los escombros revueltos formaban una impresión de la que no podíamos desprendernos, y el olor a gasolina se hacía más fuerte. Cada vez más ruinas se cruzaban con nuestros ojos y obstaculizaban nuestros pies, hasta que muy pronto vimos que el camino hacia delante estaba a punto de cesar. Habíamos acertado demasiado en nuestra suposición pesimista sobre aquella grieta vislumbrada desde el aire. Nuestra búsqueda del túnel era a ciegas, y ni siquiera íbamos a poder llegar al sótano del que se abría la abertura abismal.

La linterna, centelleando sobre las paredes grotescamente talladas del corredor bloqueado en el que nos encontrábamos, mostraba varias puertas en diversos estados de obstrucción; y de una de ellas el olor a gasolina —que sumergía bastante aquel otro indicio de olor— llegaba con especial nitidez. Al mirar con más fijeza, vimos que sin duda había habido una ligera y reciente limpieza de escombros de esa abertura en particular. Fuera cual fuese el horror que nos acechaba, creíamos que la vía directa hacia él era ahora claramente manifiesta. No creo que a nadie le extrañe que esperáramos un tiempo apreciable antes de hacer ningún otro movimiento.

Y sin embargo, cuando nos aventuramos a entrar en aquel arco negro, nuestra primera impresión fue anticlimática. Porque en medio de la extensión desordenada de aquella cripta esculpida —un cubo perfecto con lados de unos veinte pies— no quedaba ningún objeto reciente de tamaño perceptible al instante; de modo que buscamos instintivamente, aunque en vano, una puerta más lejana. En otro momento, sin embargo, la aguda visión de Danforth había divisado un lugar donde los escombros del suelo habían sido removidos; y encendimos ambas antorchas con toda su fuerza. Aunque lo que vimos bajo aquella luz era en realidad sencillo y trivial, no me resisto a contarlo por lo que implicaba. Se trataba de una tosca nivelación de los escombros, sobre la que yacían descuidadamente esparcidos varios objetos pequeños, y en una de cuyas esquinas debía de haberse derramado últimamente una cantidad considerable de gasolina, lo suficiente como para dejar un fuerte olor incluso a esta altitud extrema de superplataforma. En otras palabras, no podía ser otra cosa que una especie de campamento, un campamento hecho por seres que buscaban y que, como nosotros, habían sido rechazados por el inesperado camino asfixiante hacia el abismo.

Permítanme ser claro. Los objetos esparcidos eran, en lo que a sustancia se refería, todos del campamento de Lake; y consistían en latas de conserva tan extrañamente abiertas como las que habíamos visto en aquel lugar asolado, muchas cerillas gastadas, tres libros ilustrados más o menos curiosamente manchados, un frasco de tinta vacío con su cartón pictórico y sus instrucciones, una pluma estilográfica rota, algunos fragmentos extrañamente recortados de pieles y telas de tienda, una batería eléctrica usada con una circular de instrucciones, una carpeta que venía con nuestro tipo de calentador de tienda, y una pequeña cantidad de papeles arrugados. Todo eso ya era bastante malo, pero cuando alisamos los papeles y miramos lo que había en ellos sentimos que habíamos llegado a lo peor. Habíamos encontrado ciertos papeles inexplicablemente emborronados en el campamento que podrían habernos preparado, pero el efecto de la visión allí abajo, en las bóvedas prehumanas de una ciudad de pesadilla, era casi demasiado para soportarlo.

Un Gedney loco podría haber hecho los grupos de puntos a imitación de los encontrados en las piedras de esteatita verdosas, al igual que los puntos de esos dementes túmulos de cinco puntas; y podría haber preparado bocetos apresurados y toscos —variando en su precisión o falta de ella— que describieran las partes vecinas de la ciudad y trazaran el camino desde un lugar representado circularmente fuera de nuestra ruta anterior —un lugar que identificamos como una gran torre cilíndrica en los grabados y como un vasto golfo circular vislumbrado en nuestro reconocimiento aéreo— hasta la actual estructura de cinco puntas y la boca del túnel que hay en ella. Podría, repito, haber preparado tales esbozos; pues los que teníamos ante nosotros habían sido compilados de forma bastante obvia, como lo habían sido los nuestros, a partir de esculturas tardías en algún lugar del laberinto glaciar, aunque no a partir de las que habíamos visto y utilizado. Pero lo que este chapucero ciego de arte nunca podría haber hecho era ejecutar esos bocetos con una técnica extraña y segura, quizá superior, a pesar de las prisas y el descuido, a cualquiera de las tallas de la decadencia de las que se tomaron: la técnica característica e inconfundible de los propios Antiguos en el apogeo de la ciudad muerta.

Hay quien dirá que Danforth y yo estábamos completamente locos por no huir para salvar nuestras vidas después de aquello; puesto que nuestras conclusiones eran ahora —a pesar de su salvajismo— completamente estables, y de una naturaleza que ni siquiera necesito mencionar a quienes hayan leído mi relato hasta aquí. Tal vez estábamos locos, pues ¿no he dicho que aquellas horribles cumbres eran montañas de locura? Pero creo detectar algo del mismo espíritu —aunque de forma menos extrema— en los hombres que acechan a las bestias mortales a través de las selvas africanas para fotografiarlas o estudiar sus hábitos. Aunque estábamos casi paralizados de terror, se avivó en nosotros una llama ardiente de asombro y curiosidad que al final triunfó.

Por supuesto, no queríamos enfrentarnos a aquello —o a aquellos— que sabíamos que habían estado allí, pero sentíamos que ya debían haberse ido. A estas alturas ya habrían encontrado la otra entrada vecina al abismo, y habrían pasado dentro hacia cualquier fragmento negro como la noche del pasado que pudiera aguardarles en el último abismo, el último abismo que nunca habían visto. O si esa entrada también estaba bloqueada, habrían seguido hacia el norte buscando otra. Eran, recordamos, en parte independientes de la luz.

Recordando aquel momento, apenas puedo recordar qué forma exacta adoptaron nuestras nuevas emociones, qué cambio de objetivo inmediato fue el que agudizó tanto nuestro sentido de la expectación. Ciertamente, no pretendíamos enfrentarnos a lo que temíamos, aunque no negaré que puede que tuviéramos un deseo acechante e inconsciente de espiar ciertas cosas desde algún mirador oculto. Probablemente no habíamos renunciado a nuestro afán de vislumbrar el abismo mismo, aunque se interpusiera un nuevo objetivo en forma de aquel gran lugar circular que aparecía en los croquis arrugados que habíamos encontrado. Lo habíamos reconocido enseguida como una monstruosa torre cilíndrica que figuraba en las primeras tallas, pero que desde arriba sólo aparecía como una prodigiosa abertura redonda. Algo en lo impresionante de su representación, incluso en estos apresurados diagramas, nos hizo pensar que sus niveles subglaciales debían de seguir constituyendo un rasgo de peculiar importancia. Quizás encarnaba maravillas arquitectónicas aún desconocidas para nosotros. Sin duda era de una antigüedad increíble según las esculturas en las que figuraba, siendo de hecho de las primeras cosas construidas en la ciudad. Sus tallas, si se conservan, no podrían sino ser muy significativas. Además, podría constituir un buen enlace actual con el mundo superior, una ruta más corta que la que estábamos trazando con tanto cuidado y probablemente aquella por la que habían descendido aquellos otros.

En cualquier caso, lo que hicimos fue estudiar los terribles croquis —que confirmaban perfectamente los nuestros— y reemprender el camino indicado hasta el lugar circular; el camino que nuestros antecesores sin nombre debieron de recorrer dos veces antes que nosotros. La otra puerta vecina al abismo se encontraría más allá. No hace falta que hable de nuestro trayecto —durante el cual seguimos dejando un rastro económico de papel—, pues era precisamente del mismo tipo que el que habíamos dejado al llegar al *cul de sac;* salvo que tendía a adherirse más al nivel del suelo e incluso a descender a pasillos de sótanos. De vez en cuando podíamos rastrear ciertas marcas inquietantes en los escombros o la hojarasca bajo los pies; y después de haber pasado fuera del radio del olor a gasolina volvimos a ser débilmente conscientes —espasmódicamente— de ese olor más horrible y más persistente. Después de que el camino se hubiera bifurcado de nuestro curso anterior dimos, a veces dimos a los rayos de nuestra única linterna un barrido furtivo a lo largo de las paredes; observando en casi todos los casos las esculturas casi omnipresentes, que de hecho parecen haber formado una salida estética principal para los Antiguos.

Hacia las 9:30 P.M., mientras atravesábamos un corredor abovedado cuyo suelo, cada vez más glacial, parecía estar algo por debajo del nivel del suelo y cuyo techo se hacía más bajo a medida que avanzábamos, empezamos a ver una fuerte luz diurna más adelante y pudimos apagar nuestra linterna. Parecía que estábamos llegando al vasto lugar circular y que nuestra distancia del aire superior no podía ser muy grande. El corredor terminaba en un arco sorprendentemente bajo para estas ruinas megalíticas, pero pudimos ver mucho a través de él incluso antes de emerger. Más allá se extendía un prodigioso espacio redondo —de unos 200 pies de diámetro— cubierto de escombros y que contenía muchos arcos estrangulados correspondientes al que estábamos a punto de cruzar. Las paredes estaban —en los espacios disponibles— audazmente esculpidas en una banda espiral de proporciones heroicas; y mostraban, a pesar de la destructiva exposición a los elementos causada por la apertura del lugar, un esplendor artístico muy superior a todo lo que habíamos encontrado antes. El suelo cubierto de basura estaba bastante glaciado, y nos pareció que el verdadero fondo se hallaba a una profundidad considerablemente menor.

Pero el objeto más destacado del lugar era la titánica rampa de piedra que, eludiendo los arcos mediante un brusco giro hacia el exterior, hacia el suelo abierto, ascendía en espiral por la estupenda pared cilíndrica como un homólogo interior de los que antaño ascendían por el exterior de las monstruosas torres o zigurats de la antigua Babilonia. Sólo la rapidez de nuestro vuelo, y la perspectiva que confundía el descenso con la pared interior de la torre, habían impedido que nos percatáramos de esta característica desde el aire, lo que nos hizo buscar otra vía hacia el nivel subglacial. Pabodie podría haber sido capaz de decir qué tipo de ingeniería lo mantenía en su sitio, pero Danforth y yo nos limitamos a admirar y maravillarnos. Podíamos ver poderosas ménsulas y pilares de piedra aquí y allá, pero lo que veíamos nos parecía inadecuado para la función desempeñada. La cosa estaba excelentemente conservada hasta la parte superior actual de la torre —una circunstancia muy notable en vista de su exposición— y su cobijo había hecho mucho por proteger las extrañas e inquietantes esculturas cósmicas de las paredes.

Cuando salimos a la impresionante semiluz del día de este monstruoso fondo cilíndrico —de cincuenta millones de años de antigüedad y, sin duda, la estructura más primigeniamente antigua que jamás hayan visto nuestros ojos— vimos que los lados atravesados por la rampa se extendían vertiginosamente hasta una altura de unos sesenta pies. Esto, recordamos de nuestro reconocimiento aéreo, significaba una glaciación exterior de unos cuarenta pies; ya que el abismo que habíamos visto desde el avión había estado en la cima de un montículo de aproximadamente veinte pies de mampostería desmoronada, algo resguardado en tres cuartas partes de su circunferencia por los macizos muros curvos de una línea de ruinas más altas. Según las esculturas, la torre original se había erigido en el centro de una inmensa plaza circular; y había tenido quizás 500 o 600 pies de altura, con gradas de discos horizontales cerca de la cima, y una hilera de agujas a lo largo del borde superior. Obviamente, la mayor parte de la mampostería se había derrumbado hacia fuera y no hacia dentro, un hecho afortunado, ya que de lo contrario la rampa podría haberse hecho añicos y todo el interior haberse asfixiado. Así las cosas, la rampa mostraba tristes golpes; mientras que la asfixia era tal que todos los arcos de la parte inferior parecían haber sido recientemente despejados a medias.

Sólo tardamos un momento en llegar a la conclusión de que ésa era efectivamente la ruta por la que habían descendido aquellos otros, y que ésa sería la ruta lógica para nuestro propio ascenso a pesar del largo rastro de papel que habíamos dejado en otros lugares. La boca de la torre no estaba más lejos de las estribaciones y de nuestro avión esperando de lo que lo estaba el gran edificio aterrazado por el que habíamos entrado, y cualquier otra exploración subglacial que pudiéramos hacer en este viaje se situaría en esta región general. Curiosamente, seguíamos pensando en posibles viajes posteriores, incluso después de todo lo que habíamos visto y adivinado. Entonces, mientras nos abríamos paso cautelosamente sobre los escombros del gran suelo, llegó una visión que por el momento excluyó todos los demás asuntos.

Era el conjunto prolijamente apiñado de tres trineos en ese ángulo más alejado del curso inferior y saliente de la rampa que hasta entonces había estado oculto a nuestra vista. Allí estaban —los tres trineos que faltaban en el campamento de Lake— gastados por un duro uso que debió incluir el arrastre forzoso a lo largo de grandes tramos de mampostería y escombros sin nieve, así como mucho porteo a mano sobre lugares totalmente innavegables. Estaban cuidadosa e inteligentemente empaquetados y atados, y contenían cosas memorablemente familiares —el hornillo de gasolina, los bidones de combustible, los estuches de los instrumentos, las latas de provisiones, las lonas obviamente abultadas con libros, y algunas abultadas con contenidos menos obvios—, todo derivado del equipo de Lake. Después de lo que habíamos encontrado en la otra habitación, estábamos en cierta medida preparados para este encuentro. La verdadera gran conmoción llegó cuando pasamos por encima y deshicimos una lona cuyos contornos nos habían inquietado peculiarmente. Al parecer, tanto otros como Lake se habían interesado en recoger especímenes típicos; pues había dos aquí, ambos rígidamente congelados, perfectamente conservados, remendados con esparadrapo donde se habían producido algunas heridas alrededor del cuello, y envueltos con patente cuidado para evitar daños mayores. Eran los cuerpos del joven Gedney y del perro desaparecido.

X

Probablemente mucha gente nos juzgará insensibles además de locos por pensar en el túnel hacia el norte y en el abismo tan poco tiempo después de nuestro sombrío descubrimiento, y no estoy dispuesto a decir que hubiéramos reavivado inmediatamente tales pensamientos de no ser por una circunstancia concreta que irrumpió en nosotros y puso en marcha toda una nueva corriente de especulaciones. Habíamos vuelto a colocar la lona sobre el pobre Gedney y estábamos de pie en una especie de mudo desconcierto cuando los sonidos llegaron por fin a nuestra conciencia: los primeros que habíamos oído desde que descendimos a campo abierto, donde el viento de la montaña gemía débilmente desde sus alturas sobrenaturales. Por muy conocidos y mundanos que fueran, su presencia en este remoto mundo de muerte era más inesperada y desconcertante de lo que hubiera podido ser cualquier tono grotesco o fabuloso, ya que daban un nuevo vuelco a todas nuestras nociones de armonía cósmica.

Si hubiera sido algún rastro de ese extraño gorjeo musical en un amplio rango que el informe de disección de Lake nos había hecho esperar en aquellos otros —y que, de hecho, nuestras exaltadas fantasías habían estado leyendo en cada aullido de viento que habíamos oído desde que llegamos al horror del campamento—, habría tenido una especie de congruencia infernal con la región muerta por eones que nos rodeaba. Una voz de otras épocas pertenece a un cementerio de otras épocas. Tal como estaba, sin embargo, el ruido hizo añicos todos nuestros ajustes profundamente arraigados, toda nuestra aceptación tácita de la Antártida interior como un residuo tan absoluta e irrevocablemente vacío de todo vestigio de vida normal como el estéril disco de la Luna. Lo que oímos no fue la nota fabulosa de ninguna blasfemia enterrada de la tierra anciana de cuya dureza excelsa un sol polar negado por la edad había evocado una respuesta monstruosa. Por el contrario, era algo tan burlonamente normal y tan infaliblemente familiarizado por nuestros días de mar frente a Victoria Land y nuestros días de campamento en el estrecho de McMurdo que nos estremecíamos al pensar en ello aquí, donde tales cosas no deberían estar. Para ser breve: era simplemente el estridente graznido de un pingüino.

El sonido amortiguado flotaba desde recovecos subglaciales casi opuestos al corredor por el que habíamos venido —regiones manifiestamente en dirección a ese otro túnel hacia el vasto abismo—. La presencia de un ave acuática viva en semejante dirección —en un mundo cuya superficie era de una eterna y uniforme falta de vida— sólo podía llevar a una conclusión; de ahí que nuestro primer pensamiento fuera verificar la realidad objetiva del sonido. Era, en efecto, repetido; y a veces parecía proceder de más de una garganta. Buscando su origen, entramos en un arco del que se habían retirado muchos escombros; reanudando nuestro rastreo —con una provisión de papel añadida tomada con curiosa repugnancia de uno de los fardos de lona de los trineos— cuando dejamos atrás la luz del día.

A medida que el suelo glaciar daba paso a una camada de detritus, distinguimos claramente algunas curiosas huellas de arrastre; y una vez Danforth encontró una huella distintiva de un tipo cuya descripción sería demasiado superflua. El rumbo indicado por los gritos de los pingüinos era precisamente el que nuestro mapa y nuestra brújula indicaban como la aproximación a la boca del túnel más al norte, y nos alegró comprobar que parecía abierta una vía sin puentes en los niveles del suelo y del sótano. El túnel, según la carta, debía partir del sótano de una gran estructura piramidal que nos parecía recordar vagamente de nuestro reconocimiento aéreo como notablemente bien conservada. A lo largo de nuestro camino la única antorcha mostraba una profusión habitual de tallas, pero no nos detuvimos a examinar ninguna de ellas.

De repente, una voluminosa forma blanca se alzó ante nosotros y encendimos la segunda linterna. Resulta extraño hasta qué punto esta nueva búsqueda había alejado nuestras mentes de los temores anteriores sobre lo que pudiera acechar cerca. Aquellos otros, habiendo dejado sus provisiones en el gran lugar circular, debían de haber planeado regresar después de su viaje de exploración hacia o dentro del abismo; sin embargo, ahora habíamos descartado toda precaución respecto a ellos tan completamente como si nunca hubieran existido. Esta cosa blanca y contoneante medía seis pies de altura, pero enseguida nos dimos cuenta de que no era uno de esos otros. Eran más grandes y oscuros y, según las esculturas, su movimiento sobre las superficies terrestres era rápido y seguro a pesar de la rareza de su equipo de tentáculos marinos. Pero decir que la cosa blanca no nos asustó profundamente sería vano. En efecto, nos atenazó durante un instante un pavor primitivo casi más agudo que el peor de nuestros temores razonados respecto a aquellos otros. Entonces llegó un destello anticlimático cuando la forma blanca se metió por un arco lateral a nuestra izquierda para unirse a otras dos de su especie que la habían convocado en tonos estridentes. Porque no era más que un pingüino, aunque de una especie enorme y desconocida, más grande que el mayor de los pingüinos rey conocidos y monstruoso por su combinación de albinismo y ausencia casi total de ojos.

Cuando hubimos seguido a la cosa hasta el arco y encendimos nuestras dos linternas sobre el indiferente e inatento grupo de tres vimos que todos eran albinos sin ojos de la misma especie desconocida y gigantesca. Su tamaño nos recordaba al de algunos de los pingüinos arcaicos representados en las esculturas de los Antiguos y no tardamos en concluir que descendían de la misma especie —sin duda supervivientes de una retirada a alguna región interior más cálida cuya negrura perpetua había destruido su pigmentación y atrofiado sus ojos hasta convertirlos en meras rendijas inútiles—. Que su hábitat actual era el vasto abismo que buscábamos, no cabía dudarlo ni por un momento; y esta prueba de la continua calidez y habitabilidad del golfo nos llenó de las más curiosas y sutilmente perturbadoras fantasías.

También nos preguntábamos qué había hecho que estas tres aves se aventuraran a salir de sus dominios habituales. El estado y el silencio de la gran ciudad muerta dejaban claro que en ningún momento había sido una colonia estacional habitual, mientras que la indiferencia manifiesta del trío ante nuestra presencia hacía que pareciera extraño que cualquier grupo de esos otros que pasaban por allí los hubiera sobresaltado. ¿Era posible que esos otros hubieran emprendido alguna acción agresiva o hubieran intentado aumentar su provisión de carne? Dudábamos que aquel olor acre que los perros habían odiado pudiera causar una antipatía igual en estos pingüinos; ya que sus antepasados habían vivido obviamente en excelentes términos con los Antiguos, una relación amistosa que debió sobrevivir en el abismo inferior mientras quedara alguno de los Antiguos. Lamentando —en un arrebato del viejo espíritu de la ciencia pura— que no pudiéramos fotografiar a estas criaturas anómalas, en breve las dejamos con sus graznidos y seguimos adelante hacia el abismo cuya apertura se nos demostraba ahora tan positivamente, y cuya dirección exacta las huellas ocasionales de los pingüinos dejaban clara.

No mucho después, un pronunciado descenso por un pasillo largo, bajo, sin puertas y peculiarmente carente de esculturas nos hizo creer que nos acercábamos por fin a la boca del túnel. Habíamos pasado junto a dos pingüinos más y oíamos a otros inmediatamente delante. Entonces el corredor terminó en un prodigioso espacio abierto que nos hizo jadear involuntariamente: una perfecta semiesfera invertida, evidentemente subterránea, de unos cien pies de diámetro y cincuenta pies de altura, con arcos bajos que se abrían en toda la circunferencia excepto en uno, y que bostezaba cavernosamente con una negra abertura arqueada que rompía la simetría de la bóveda hasta una altura de casi quince pies. Era la entrada al gran abismo.

En este vasto hemisferio, cuyo techo cóncavo estaba impresionante aunque decadentemente tallado a semejanza de la primigenia cúpula celeste, se paseaban unos cuantos pingüinos albinos, alienígenas allí, pero indiferentes e invisibles. El negro túnel se abría indefinidamente en una empinada pendiente descendente, su boca adornada con jambas y dintel grotescamente cincelados. De aquella boca críptica se nos antojó que procedía una corriente de aire ligeramente más cálido y tal vez incluso una sospecha de vapor; y nos preguntamos qué entidades vivas aparte de los pingüinos podría ocultar el vacío ilimitado de abajo y los panales contiguos de la tierra y las montañas titánicas. También nos preguntamos si el rastro de humo de la cima de la montaña que al principio sospechó el pobre Lake, así como la extraña bruma que nosotros mismos habíamos percibido alrededor del pico coronado por una muralla, no estarían causados por el ascenso tortuosamente canalizado de algún vapor de ese tipo procedente de las insondables regiones del núcleo de la Tierra.

Al entrar en el túnel, vimos que su contorno era —al menos al principio— de unos quince pies de lado; los lados, el suelo y el techo arqueado estaban compuestos de la mampostería megalítica habitual. Los lados estaban escasamente decorados con cartelas de diseños convencionales en un estilo tardío y decadente; y toda la construcción y el tallado estaban maravillosamente bien conservados. El suelo estaba bastante despejado, salvo por un ligero detritus que llevaba huellas de pingüinos saliendo y las huellas interiores de aquellos otros. Cuanto más se avanzaba, más calor hacía; de modo que pronto estuvimos desabrochándonos nuestras pesadas prendas. Nos preguntábamos si realmente había manifestaciones ígneas más abajo y si las aguas de aquel mar sin sol estaban calientes. Al cabo de una corta distancia, la mampostería dio paso a la roca sólida, aunque el túnel conservaba las mismas proporciones y presentaba el mismo aspecto de tallada regularidad. Ocasionalmente su pendiente variable se hizo tan pronunciada que se cortaron surcos en el suelo. Varias veces observamos las bocas de pequeñas galerías laterales no registradas en nuestros diagramas; ninguna de ellas como para complicar el problema de nuestro regreso, y todas ellas bienvenidas como posibles refugios en caso de encontrarnos con entidades indeseables en su camino de regreso del abismo. El olor sin nombre de tales cosas era inconfundible. Sin duda fue una insensatez suicida aventurarse en aquel túnel en las condiciones conocidas, pero el señuelo de lo insondable es más fuerte en ciertas personas de lo que la mayoría sospecha; de hecho, fue precisamente tal señuelo el que nos había traído a este despojo polar sobrenatural en primer lugar. Vimos varios pingüinos a nuestro paso y especulamos sobre la distancia que tendríamos que recorrer. Los grabados nos habían hecho esperar un descenso empinado de una milla hasta el abismo, pero nuestras andanzas anteriores nos habían demostrado que no había que fiarse del todo de las cuestiones de escala.

Al cabo de un cuarto de milla ese olor sin nombre se acentuó enormemente, y seguimos con mucha atención las diversas aberturas laterales por las que pasamos. No había vapor visible como en la boca, pero ello se debía sin duda a la falta de aire más fresco que contrastara. La temperatura ascendía rápidamente y no nos sorprendió toparnos con un descuidado montón de material que nos resultó estremecedoramente familiar. Estaba compuesto de pieles y telas de tiendas tomadas del campamento de Lake, y no nos detuvimos a estudiar las extrañas formas en que habían sido acuchilladas las telas. Un poco más allá de este punto notamos un decidido aumento en el tamaño y número de las galerías laterales, y concluimos que ahora debíamos haber llegado a la región densamente alveolada bajo las estribaciones más altas. El olor sin nombre se mezclaba ahora curiosamente con otro olor apenas menos ofensivo, cuya naturaleza no podíamos adivinar, aunque pensamos en organismos en descomposición y quizá en hongos subterráneos desconocidos. Entonces se produjo una sorprendente expansión del túnel para la que los grabados no nos habían preparado: se ensanchó y se elevó hasta convertirse en una elevada caverna elíptica de aspecto natural con un suelo llano; de unos 75 pies de largo y 50 de ancho, y con muchos e inmensos pasadizos laterales que se alejaban hacia una oscuridad críptica.

Aunque esta caverna era natural en apariencia, una inspección con ambas linternas sugirió que se había formado por la destrucción artificial de varias paredes entre panales adyacentes. Las paredes eran ásperas y el alto techo abovedado estaba repleto de estalactitas; pero el suelo de roca maciza había sido alisado y estaba libre de todo escombro, detritus o incluso polvo en una medida positivamente anormal. Excepto en la avenida por la que habíamos entrado, esto era cierto en los suelos de todas las grandes galerías que se abrían a partir de ella; y la singularidad de la condición era tal que nos dejó vanamente perplejos. El curioso olor nuevo que había complementado al olor sin nombre era aquí excesivamente penetrante; tanto que destruía todo rastro del otro. Algo en todo este lugar, con su suelo pulido y casi reluciente, nos parecía más vagamente desconcertante y horrible que cualquiera de las cosas monstruosas que habíamos encontrado anteriormente.

La regularidad del paso que teníamos inmediatamente delante, así como la mayor proporción de excrementos de pingüino que había allí, evitaron toda confusión en cuanto al rumbo correcto en medio de esta plétora de bocas de cueva igualmente grandes. No obstante, decidimos reanudar nuestro rastreo de huellas de papel si se presentaba alguna otra complejidad; pues las huellas de polvo, por supuesto, ya no podían esperarse. Al reanudar nuestro avance directo lanzamos un haz de luz de linterna sobre las paredes del túnel y nos detuvimos en seco asombrados por el cambio supremamente radical que se había producido en las tallas de esta parte del pasadizo. Nos dimos cuenta, por supuesto, de la gran decadencia de la escultura de los Antiguos en el momento de la excavación del túnel; y de hecho habíamos notado la inferior factura de los arabescos en los tramos detrás de nosotros. Pero ahora, en esta sección más profunda, más allá de la caverna, había una diferencia repentina que trascendía por completo toda explicación: una diferencia de naturaleza básica, así como de mera calidad, y que implicaba una degradación tan profunda y calamitosa de la habilidad que nada en el ritmo de decadencia observado hasta entonces podría haber llevado a esperarlo.

Este nuevo y degenerado trabajo era tosco, atrevido y carente por completo de delicadeza en los detalles. Estaba contrahecho con exagerada profundidad en bandas que seguían la misma línea general que las escasas cartelas de las secciones anteriores, pero la altura de los relieves no alcanzaba el nivel de la superficie general. Danforth tuvo la idea de que se trataba de una segunda talla, una especie de palimpsesto formado tras la obliteración de un diseño anterior. En la naturaleza era totalmente decorativo y convencional; y consistía en toscas espirales y ángulos que seguían aproximadamente la tradición matemática de quintiles de los Antiguos, aunque parecía más una parodia que una perpetuación de esa tradición. No podíamos quitarnos de la cabeza que algún elemento sutil pero profundamente ajeno se había añadido al sentimiento estético que subyacía a la técnica; un elemento ajeno, supuso Danforth, que era responsable de la sustitución manifiestamente laboriosa. Era parecido, aunque inquietantemente distinto, a lo que habíamos llegado a reconocer como el arte de los Antiguos; y a mí me recordaba insistentemente cosas tan híbridas como las desgarbadas esculturas palmirenas modeladas a la manera romana. Que otros se habían fijado recientemente en este cinturón de tallas lo insinuaba la presencia de una batería de linterna usada en el suelo delante de uno de los diseños más característicos.

Como no podíamos permitirnos dedicar un tiempo considerable al estudio, reanudamos nuestro avance tras echar un vistazo superficial, aunque lanzando con frecuencia rayos de luz sobre las paredes para ver si se producían nuevos cambios decorativos. No percibimos nada de eso, aunque las tallas eran en algunos lugares bastante escasas debido a las numerosas bocas de túneles laterales de suelo liso. Vimos y oímos menos pingüinos, pero creímos captar una vaga sospecha de un coro infinitamente distante de ellos en algún lugar profundo de la tierra. El nuevo e inexplicable olor era abominablemente fuerte, y apenas pudimos detectar una señal de aquel otro aroma sin nombre. Las bocanadas de vapor visible que nos precedían indicaban los crecientes contrastes de temperatura y la relativa cercanía de los acantilados sin sol del gran abismo. Entonces, de forma bastante inesperada, vimos ciertas obstrucciones en el suelo pulido que teníamos delante —obstrucciones que definitivamente no eran pingüinos— y encendimos nuestra segunda linterna tras asegurarnos de que los objetos estaban completamente inmóviles.

XI

En otra ocasión he llegado a un punto en el que es muy difícil seguir adelante. Debería haberme endurecido a estas alturas; pero hay algunas experiencias e insinuaciones que dejan cicatrices demasiado profundas para permitir su curación, y sólo dejan una sensibilidad añadida tal que el recuerdo reaviva todo el horror original. Vimos, como ya he dicho, ciertas obstrucciones en el suelo pulido que teníamos delante; y debo añadir que nuestras fosas nasales fueron asaltadas casi simultáneamente por una intensificación muy curiosa del extraño olor fétido reinante, mezclado ahora claramente con el hedor sin nombre de aquellos otros que nos habían precedido. La luz de la segunda linterna no dejaba lugar a dudas de cuáles eran los obstáculos, y nos atrevimos a acercarnos a ellos sólo porque podíamos ver, incluso desde la distancia, que estaban tan fuera de todo poder dañino como lo habían estado los seis ejemplares similares desenterrados de las monstruosas tumbas llenas de estrellas en el campamento del pobre Lake.

Eran, en efecto, tan incompletos como la mayoría de los que habíamos desenterrado, aunque resultaba evidente, por el espeso charco verde oscuro que se acumulaba a su alrededor, que su estado incompleto databa de una antigüedad infinitamente mayor. Parecían ser sólo cuatro, mientras que los boletines de Lake habrían sugerido que no menos de ocho formaban el grupo que nos había precedido. Encontrarlos en este estado era totalmente inesperado, y nos preguntamos qué clase de lucha monstruosa había tenido lugar aquí abajo en la oscuridad.

Los pingüinos, atacados en masa, se desquitan salvajemente con sus picos; y nuestros oídos nos daban ahora la certeza de la existencia de una colonia de cría mucho más allá. ¿Acaso aquellos otros habían perturbado tal lugar y despertado una persecución asesina? Las obstrucciones no lo sugerían, pues los picos de los pingüinos contra los resistentes tejidos que Lake había disecado difícilmente podían explicar los terribles daños que nuestra mirada cercana empezaba a distinguir. Además, las enormes aves ciegas que habíamos visto parecían singularmente pacíficas.

¿Había habido, entonces, una lucha entre aquellos otros, y eran los cuatro ausentes los responsables? En caso afirmativo, ¿dónde estaban? ¿Estaban cerca y podían constituir una amenaza inmediata para nosotros? Echamos un vistazo ansioso a algunos de los pasadizos laterales de suelo liso mientras continuábamos nuestra lenta y francamente reacia aproximación. Fuera cual fuera el conflicto, estaba claro que eso había sido lo que había asustado a los pingüinos en su desacostumbrado deambular. Debía de haber surgido, pues, cerca de aquella guardería que se oía débilmente en el incalculable golfo de más allá, ya que no había señales de que ninguna ave hubiera habitado normalmente aquí. Tal vez, reflexionamos, se había producido una espantosa pelea a la carrera, en la que la parte más débil intentó volver a los trineos escondidos cuando sus perseguidores acabaron con ellos. Uno podía imaginarse la refriega endemoniada entre entidades monstruosas sin nombre mientras surgía del negro abismo con grandes nubes de frenéticos pingüinos graznando y correteando por delante.

Digo que nos acercamos a esas obstrucciones desmesuradas e incompletas lentamente y a regañadientes. Ojalá nunca nos hubiéramos acercado a ellos, sino que hubiéramos salido corriendo a toda velocidad de aquel túnel blasfemo con los suelos grasientos y los murales degenerados que imitaban y se burlaban de las cosas a las que habían sustituido; ¡hubiéramos salido corriendo, antes de ver lo que vimos, y antes de que nuestras mentes se quemaran con algo que nunca nos dejará respirar con facilidad nuevamente!

Nuestras dos linternas se volvieron hacia los objetos postrados, de modo que pronto nos dimos cuenta del factor dominante en su estado incompleto. Aplastados, comprimidos, retorcidos y rotos como estaban, su principal lesión común era la decapitación total. A cada uno de ellos le habían arrancado la cabeza de estrella de mar tentaculada; y a medida que nos acercábamos vimos que la forma de extirpación se parecía más a un desgarro o succión infernal que a cualquier forma ordinaria de escisión. Su hediondo icor verde oscuro formaba un gran charco que se extendía; pero su hedor quedaba eclipsado a medias por aquel hedor más nuevo y extraño, aquí más acre que en cualquier otro punto de nuestra ruta. Sólo cuando nos habíamos acercado bien a las obstrucciones desparramadas pudimos rastrear ese segundo e inexplicable olor fétido hasta alguna fuente inmediata, y en el instante en que lo hicimos Danforth, recordando ciertas esculturas muy vívidas de la historia de los Antiguos en la era Pérmica hace 150 millones de años, dio rienda suelta a un grito torturado por los nervios que resonó histéricamente por aquel pasadizo abovedado y arcaico con las malignas tallas de palimpsesto.

Estuve a punto de hacerme eco de su grito, porque yo también había visto esas esculturas primigenias y había admirado con escalofríos la forma en que el artista anónimo había sugerido ese horrible revestimiento de baba que se encuentra en ciertos Antiguos —incompletos y postrados, aquellos a los que los espantosos shoggoths habían matado y chupado hasta dejarlos espantosamente sin cabeza en la gran guerra de resubyugación—. Eran esculturas infames, pesadillescas, incluso cuando hablaban de cosas antiguas y pasadas; pues los shoggoths y su obra no debían ser vistos por los seres humanos ni retratados por ningún ser. El loco autor del *Necronomicón* había intentado jurar nerviosamente que no se había criado ninguno en este planeta y que sólo soñadores drogados los habían concebido. Protoplasma informe capaz de burlarse y reflejar todas las formas y órganos y procesos, aglutinaciones viscosas de células burbujeantes, esferoides de quince pies infinitamente plásticos y dúctiles, esclavos de la sugestión, constructores de ciudades, más y más hoscos, más y más inteligentes, más y más anfibios, más y más imitativos —¡Gran Dios! ¿Qué locura hizo que incluso aquellos blasfemos Antiguos estuvieran dispuestos a usar y esculpir tales cosas?—.

Y ahora, cuando Danforth y yo vimos la baba negra reciente reluciente y reflectantemente iridiscente que se aferraba densamente a aquellos cuerpos sin cabeza y apestaba obscenamente con aquel nuevo olor desconocido cuya causa sólo una fantasía enferma podía prever —se aferraba a aquellos cuerpos y centelleaba menos voluminosamente sobre una parte lisa de la pared maldita re-esculpida en una serie de puntos agrupados— comprendimos la cualidad del miedo cósmico hasta sus últimas profundidades. No era miedo a esos otros cuatro desaparecidos, pues demasiado bien sospechábamos que no volverían a hacer daño. ¡Pobres diablos! Al fin y al cabo, no eran malvados de su especie. Eran hombres de otra época y de otro orden del ser. La naturaleza les había jugado una broma infernal —como lo hará con cualesquiera otros que la locura, la insensibilidad o la crueldad humanas puedan arrastrar en lo sucesivo a ese horrible desierto polar muerto o dormido— y éste era su trágico regreso a casa.

Ni siquiera habían sido salvajes, pues ¿qué habían hecho en realidad? Aquel horrible despertar en el frío de una época desconocida —quizá un ataque de los peludos cuadrúpedos que ladraban frenéticamente, y una aturdida defensa contra ellos y los igualmente frenéticos simios blancos con los extraños envoltorios y parafernalia... ¡pobre Lake, pobre Gedney... y pobres Antiguos! Científicos hasta el final —¿qué habían hecho ellos que no hubiéramos hecho nosotros en su lugar? Dios, ¡qué inteligencia y persistencia! ¡Qué manera de enfrentarse a lo increíble, igual que aquellos parientes y antepasados tallados se habían enfrentado a cosas sólo un poco menos increíbles! Radiados, vegetales, monstruosidades, engendros estelares—, fueran lo que hubieran sido, ¡eran hombres!

Habían cruzado los picos helados en cuyas laderas templadas una vez habían rendido culto y vagado entre los helechos arborescentes. Habían encontrado su ciudad muerta rumiando su maldición y habían leído sus últimos días esculpidos como nosotros. Habían intentado alcanzar a sus semejantes vivos en profundidades legendarias de negrura que nunca habían visto, ¿y qué habían encontrado? Todo esto relampagueó al unísono en los pensamientos de Danforth y míos mientras mirábamos desde aquellas formas sin cabeza y cubiertas de limo hasta las repugnantes esculturas-palimpsesto y los diabólicos grupos de puntos de limo fresco en la pared junto a ellas —mirábamos y comprendíamos lo que debía de haber triunfado y sobrevivido allí abajo, en la ciclópea ciudad acuática de aquella noche, abismo bordeado de pingüinos, de donde incluso ahora una siniestra niebla rizada había empezado a eructar pálidamente como en respuesta al grito histérico de Danforth—.

La conmoción de reconocer aquella baba monstruosa y sin cabeza nos había congelado hasta convertirnos en estatuas mudas e inmóviles, y sólo a través de conversaciones posteriores nos hemos enterado de la identidad completa de nuestros pensamientos en aquel momento. Parecieron eones los que permanecimos allí de pie, pero en realidad no pudieron ser más de diez o quince segundos. Aquella odiosa y pálida niebla se enroscó hacia delante como si realmente la impulsara algún remoto bulto que avanzaba, y entonces llegó un sonido que alteró gran parte de lo que acabábamos de decidir y, al hacerlo, rompió el hechizo y nos permitió correr como locos entre pingüinos graznantes y confusos por nuestro antiguo sendero de regreso a la ciudad, a lo largo de corredores megalíticos hundidos en el hielo hasta el gran círculo abierto, y subir por aquella arcaica rampa en espiral en una frenética zambullida automática hacia el sano aire exterior y la luz del día.

El nuevo sonido, como he insinuado, trastornó mucho de lo que habíamos decidido; porque era lo que la disección del pobre Lake nos había llevado a atribuir a los que acabábamos de juzgar muertos. Era, según me dijo Danforth más tarde, precisamente lo que él había captado en forma infinitamente amortiguada cuando se encontraba en aquel lugar más allá de la esquina del callejón sobre el nivel glaciar; y ciertamente tenía un parecido chocante con los golpes de viento que ambos habíamos oído alrededor de las elevadas cuevas de la montaña. A riesgo de parecer pueril añadiré también otra cosa; aunque sólo sea por la sorprendente forma en que la impresión de Danforth coincidía con la mía. Por supuesto, la lectura común es lo que nos preparó a ambos para hacer la interpretación, aunque Danforth ha insinuado extrañas nociones sobre fuentes insospechadas y prohibidas a las que Poe pudo haber tenido acceso cuando escribía su *Arthur Gordon Pym* hace un siglo. Se recordará que en ese cuento fantástico hay una palabra de significado desconocido pero terrible y prodigioso relacionada con la Antártida y gritada eternamente por los gigantescos y espectrales pájaros nevados del núcleo de esa maligna región. «¡Tekeli-li! ¡Tekeli-li!». Eso, puedo admitirlo, es exactamente lo que creímos oír transmitido por ese sonido repentino tras la niebla blanca que avanzaba —ese insidioso gorjeo musical en un rango singularmente amplio—.

Estábamos en plena huida antes de que se hubieran pronunciado tres notas o sílabas, aunque sabíamos que la rapidez de los Antiguos permitiría a cualquier superviviente de la matanza que gritara y persiguiera alcanzarnos en un momento si realmente lo deseaba. Teníamos una vaga esperanza, sin embargo, de que una conducta no agresiva y una muestra de razón afín pudieran hacer que un ser así nos perdonara la vida en caso de captura; aunque sólo fuera por curiosidad científica. Al fin y al cabo, si tal ser no tenía nada que temer por sí mismo no tendría ningún motivo para hacernos daño. Como el disimulo era inútil en esta coyuntura, utilizamos nuestra linterna para echar un vistazo hacia atrás y percibimos que la niebla se estaba disipando. ¿Veríamos, por fin, un ejemplar completo y vivo de aquellos otros? De nuevo llegó ese insidioso gorjeo musical: «¡Tekeli-li! ¡Tekeli-li!».

Entonces, al observar que en realidad estábamos ganando terreno a nuestro perseguidor, se nos ocurrió que la entidad podría estar herida. Sin embargo, no podíamos arriesgarnos, ya que era demasiado evidente que se acercaba en respuesta al grito de Danforth y no huyendo de cualquier otra entidad. Había sucedido demasiado pronto como para admitir dudas. No podíamos adivinar el paradero de esa pesadilla menos concebible y menos mencionable, esa fétida montaña de protoplasma que escupía limo y cuya raza había conquistado el abismo y enviado a los pioneros de la tierra a excavar y retorcerse en las madrigueras de las colinas, y nos costó una verdadera punzada dejar a este anciano probablemente lisiado, tal vez un superviviente solitario, a merced del peligro de una recaptura y un destino sin nombre.

Gracias al cielo no aflojamos la marcha. La niebla rizada se había espesado de nuevo y avanzaba con mayor velocidad; mientras los pingüinos extraviados a nuestra retaguardia graznaban y chillaban y mostraban signos de un pánico realmente sorprendente en vista de su confusión relativamente menor cuando habíamos pasado junto a ellos. Una vez más sonó ese siniestro y amplio gorjeo: «¡Tekeli-li! ¡Tekeli-li!». Nos habíamos equivocado. La cosa no estaba herida, sino que simplemente se había detenido al encontrarse con los cuerpos de sus congéneres caídos y la infernal inscripción de baba sobre ellos. Nunca podríamos saber cuál era el mensaje de aquel demonio, pero aquellos enterramientos en el campamento de Lake habían demostrado la importancia que aquellos seres concedían a sus muertos. Nuestra imprudente linterna revelaba ahora ante nosotros la gran caverna abierta en la que convergían varios caminos, y nos alegramos de dejar atrás aquellas mórbidas esculturas-palimpsesto, casi sentidas incluso cuando apenas se veían.

Otro pensamiento que nos inspiró la llegada a la cueva fue la posibilidad de perder a nuestro perseguidor en este desconcertante foco de grandes galerías. Había varios de los pingüinos albinos ciegos en el espacio abierto, y parecía claro que su miedo a la entidad que se aproximaba era extremo hasta el punto de ser inexplicable. Si en ese momento atenuábamos nuestra linterna hasta el límite más bajo que necesitábamos para viajar, manteniéndola estrictamente delante de nosotros, los graznidos asustados de las enormes aves en la niebla podrían amortiguar nuestras pisadas, ocultar nuestro verdadero rumbo y, de algún modo, establecer una pista falsa. En medio de la niebla agitada y en espiral, el suelo desordenado y sin brillo del túnel principal más allá de este punto, al diferenciarse de las otras madrigueras morbosamente pulidas, apenas podía formar un rasgo altamente distintivo; incluso, por lo que podíamos conjeturar, por aquellos sentidos especiales indicados que hacían a los Antiguos parcial aunque imperfectamente independientes de la luz en las emergencias. De hecho, sentíamos cierta aprensión por no extraviarnos nosotros mismos en nuestra prisa. Porque, por supuesto, habíamos decidido seguir recto hacia la ciudad muerta, ya que las consecuencias de perdernos en aquellos desconocidos panales de las estribaciones serían impensables.

El hecho de que sobreviviéramos y saliéramos a flote es prueba suficiente de que la cosa tomó una galería equivocada mientras que nosotros dimos providencialmente con la correcta. Los pingüinos por sí solos no podrían habernos salvado, pero en conjunción con la niebla parecen haberlo hecho. Sólo un destino benigno mantuvo los vapores rizados lo suficientemente espesos en el momento oportuno, ya que cambiaban constantemente y amenazaban con desvanecerse. De hecho, se levantaron durante un segundo justo antes de que saliéramos del túnel nauseabundamente reesculpido hacia la cueva; de modo que realmente captamos una primera y única visión a medias de la entidad que se aproximaba mientras lanzábamos una última mirada desesperadamente temerosa hacia atrás antes de atenuar la linterna y mezclarnos con los pingüinos con la esperanza de esquivar la persecución. Si el destino que nos protegió fue benigno, el que nos proporcionó esa visión a medias fue infinitamente lo contrario; pues a ese destello de semivisión se debe la mitad del horror que nos ha perseguido desde entonces.

Nuestro motivo exacto para volver a mirar atrás quizá no fuera más que el instinto inmemorial del perseguido de calibrar la naturaleza y el rumbo de su perseguidor; o quizá fuera un intento automático de responder a una pregunta subconsciente planteada por uno de nuestros sentidos. En plena huida, con todas nuestras facultades centradas en el problema de la huida, no estábamos en condiciones de observar y analizar los detalles; aun así, nuestras células cerebrales latentes debieron de asombrarse ante el mensaje que les traían nuestras fosas nasales. Después nos dimos cuenta de lo que era: que nuestra retirada del fétido recubrimiento de limo de aquellos obstáculos sin cabeza y la coincidente aproximación de la entidad perseguidora no nos habían traído el intercambio de hedores que la lógica exigía. En la vecindad de las cosas postradas ese nuevo y últimamente inexplicable olor fétido había sido totalmente dominante; pero para entonces debería haber cedido en gran medida el lugar al hedor sin nombre asociado con aquellos otros. Esto no había sucedido, pues en su lugar, el olor más nuevo y menos soportable estaba ahora prácticamente sin diluir, y creciendo más y más venenosamente insistente a cada segundo.

Así que miramos hacia atrás —simultáneamente, al parecer; aunque sin duda el incipiente movimiento de una incitó la imitación de la otra—. Al hacerlo, encendimos ambas linternas con toda su fuerza sobre la niebla momentáneamente diluida; bien por pura ansiedad primitiva de ver todo lo que podíamos, bien en un esfuerzo menos primitivo pero igualmente inconsciente por deslumbrar a la entidad antes de atenuar nuestra luz y esquivar entre los pingüinos del laberinto-centro que teníamos delante. ¡Infeliz acto! Ni el mismísimo Orfeo, ni la mujer de Lot, pagaron mucho más caro una mirada retrospectiva. Y de nuevo llegó ese estremecedor y amplio gorjeo: «¡Tekeli-li! ¡Tekeli-li!».

Más vale que sea franco —aunque no pueda soportar ser del todo directo— al relatar lo que vimos; aunque en aquel momento sentíamos que no debía admitirse ni siquiera entre nosotros. Las palabras que lleguen al lector nunca podrán siquiera sugerir lo espantoso de la visión en sí. Nos paralizó la conciencia tan completamente que me pregunto si tuvimos el sentido residual para atenuar nuestras linternas como habíamos planeado y tomar el túnel correcto hacia la ciudad muerta. Sólo el instinto debió de llevarnos adelante, quizá mejor de lo que hubiera podido hacerlo la razón; aunque si eso fue lo que nos salvó, pagamos un alto precio. De razón nos quedaba ciertamente poco. Danforth estaba totalmente desquiciado, y lo primero que recuerdo del resto del viaje fue oírle canturrear con la cabeza ligera una fórmula histérica en la que sólo yo entre la humanidad podría haber encontrado algo más que una insana irrelevancia. Reverberó en ecos de falsete entre los graznidos de los pingüinos; reverberó a través de las bóvedas de delante y —gracias a Dios— a través de las bóvedas ahora vacías de detrás. No pudo comenzar de inmediato; de lo contrario, no habríamos seguido vivos y corriendo a ciegas. Me estremezco al pensar lo que un matiz de diferencia en sus reacciones nerviosas podría haber aportado.

«South Station Under, Washington Under, Park Street Under, Kendall, Central, Harvard...». El pobre hombre estaba canturreando las conocidas estaciones del túnel Boston-Cambridge que horadaba nuestro pacífico suelo natal a miles de millas de distancia, en Nueva Inglaterra, pero para mí el ritual no tenía ni irrelevancia ni sentimiento hogareño. Sólo tenía horror, porque conocía infaliblemente la monstruosa y nefanda analogía que lo había sugerido. Habíamos esperado, al mirar atrás, ver una entidad terrible e increíblemente conmovedora si las nieblas eran lo bastante finas; pero de esa entidad nos habíamos formado una idea clara. Lo que sí vimos —pues las nieblas eran, en efecto, demasiado malignamente delgadas— fue algo totalmente distinto, e inconmensurablemente más horrendo y detestable. Era la encarnación absoluta y objetiva de la «cosa que no debería ser» del novelista fantástico; y su análogo más cercano y comprensible es un inmenso tren subterráneo en marcha tal y como uno lo ve desde el andén de una estación: el gran frente negro asomándose colosalmente desde la infinita distancia subterránea, constelado de luces de extraños colores y llenando la prodigiosa madriguera como un pistón llena un cilindro.

Pero no estábamos en el andén de una estación. Estábamos en la vía de delante mientras la columna de plástico de pesadilla de fétida iridiscencia negra rezumaba con fuerza hacia delante a través de su seno de quince pies; cobrando una velocidad impía y llevando ante sí una nube en espiral, cada vez más espesa, del pálido vapor del abismo. Era una cosa terrible, indescriptible, más grande que cualquier tren subterráneo —un conglomerado informe de burbujas protoplasmáticas, débilmente autoluminosas y con miríadas de ojos temporales que se formaban y deshacían como pústulas de luz verdosa por todo el frente que llenaba el túnel y que se abalanzaba sobre nosotros, aplastando a los frenéticos pingüinos y deslizándose por el reluciente suelo que él y los de su especie habían barrido tan malignamente libre de toda hojarasca—. Aún llegaba aquel grito eldrítico y burlón: «¡Tekeli-li! ¡Tekeli-li!». Y por fin recordamos que los shoggoths endemoniados —dotados de vida, pensamiento y patrones de órganos plásticos únicamente por los Antiguos, y que no tenían más lenguaje que el que expresaban los grupos de puntos— tampoco tenían más voz que los acentos imitados de sus antiguos amos.

XII

Danforth y yo tenemos recuerdos de emerger en la gran semiesfera esculpida y de enhebrar nuestro rastro posterior a través de las ciclópeas salas y pasillos de la ciudad muerta; sin embargo, se trata de fragmentos puramente oníricos que no implican ningún recuerdo de volición, detalles o esfuerzo físico. Era como si flotáramos en un mundo o dimensión nebulosa sin tiempo, causalidad ni orientación. La luz gris del día del vasto espacio circular nos serenó un poco; pero no nos acercamos a aquellos trineos escondidos ni volvimos a mirar al pobre Gedney y al perro. Tienen un mausoleo extraño y titánico, y espero que el final de este planeta los encuentre aún imperturbables.

Fue mientras ascendíamos con dificultad por la colosal pendiente en espiral cuando sentimos por primera vez la terrible fatiga y la respiración entrecortada que nos había producido nuestra carrera por el aire enrarecido de la meseta; pero ni siquiera el miedo al colapso pudo hacer que nos detuviéramos antes de alcanzar el reino exterior normal del sol y el cielo. Había algo vagamente apropiado en nuestra partida de aquellas épocas enterradas; porque mientras ascendíamos jadeantes por el cilindro de sesenta pies de mampostería primigenia, vislumbramos a nuestro lado una procesión continua de esculturas heroicas en la técnica primitiva y no decaída de la raza muerta —una despedida de los Antiguos, escrita hace cincuenta millones de años—.

Finalmente, trepando hasta la cima, nos encontramos sobre un gran montículo de bloques derrumbados; con los muros curvos de las piedras más altas elevándose hacia el oeste, y los picos melancólicos de las grandes montañas asomando más allá de las estructuras más desmoronadas hacia el este. El bajo sol antártico de medianoche se asomaba rojizo desde el horizonte sur a través de las grietas de las escarpadas ruinas, y la terrible edad y la muerte de la ciudad de pesadilla parecían aún más crudas por contraste con cosas tan relativamente conocidas y acostumbradas como las características del paisaje polar. El cielo era una masa agitada y opalescente de tenues vapores de hielo, y el frío nos atenazaba los pulmones. Descansando agotados, las bolsas de vestimenta a las que nos habíamos aferrado instintivamente durante nuestra desesperada huida, volvimos a abrocharnos nuestras pesadas prendas para el ascenso a trompicones por el montículo y la caminata a través del laberinto de piedras eternas hasta las estribaciones donde nos esperaba nuestro aeroplano. De lo que nos había hecho huir de la oscuridad de los golfos secretos y arcaicos de la tierra no dijimos nada en absoluto.

En menos de un cuarto de hora habíamos encontrado la empinada cuesta hacia las estribaciones —la probable antigua terraza por la que habíamos descendido— y podíamos ver el oscuro bulto de nuestro gran avión entre las escasas ruinas de la ladera ascendente que teníamos delante. A mitad de camino cuesta arriba hacia nuestro objetivo nos detuvimos para respirar momentáneamente y nos volvimos para contemplar de nuevo la fantástica maraña paleogea de increíbles formas de piedra que teníamos debajo, una vez más perfiladas místicamente contra un oeste desconocido. Al hacerlo, vimos que el cielo más allá había perdido su neblina matinal; los inquietos vapores de hielo se habían desplazado hasta el cenit, donde sus burlones contornos parecían a punto de asentarse en algún extraño patrón que temían hacer del todo definitivo o concluyente.

En el último horizonte blanco, detrás de la grotesca ciudad, se revelaba una línea tenue y élfica de color violeta pináceo cuyas alturas puntiagudas se alzaban como un sueño contra el atractivo color rosa del cielo occidental. Hacia este borde resplandeciente se inclinaba la antigua meseta, el curso deprimido del antiguo río que la atravesaba como una cinta irregular de sombra. Durante un segundo jadeamos admirando la sobrenatural belleza cósmica de la escena, y luego un vago horror comenzó a introducirse en nuestras almas. Porque esta lejana línea violeta no podía ser otra cosa que las terribles montañas de la tierra prohibida, la más alta de las cumbres de la tierra y foco de la maldad terrestre; albergadoras de horrores sin nombre y secretos arcaicos; rehuidas y rezadas por quienes temían tallar su significado; no hollados por ningún ser vivo de la tierra, pero visitados por los siniestros relámpagos y enviando extraños rayos a través de las llanuras en la noche polar; sin duda el arquetipo desconocido de aquel temido Kadath en el Desierto Frío más allá del aborrecible Leng, del que las impías leyendas primigenias insinúan evasivas. Fuimos los primeros seres humanos en verlos —y espero y pido a Dios que seamos los últimos—.

Si los mapas esculpidos y las imágenes de aquella ciudad prehumana habían dicho la verdad, estas crípticas montañas violetas no podían estar a mucho menos de 300 millas de distancia; sin embargo, su tenue esencia élfica sobresalía por encima de aquel remoto y nevado borde, como el borde dentado de un monstruoso planeta alienígena a punto de elevarse hacia unos cielos desacostumbrados. Su altura, por tanto, debía de ser tremenda, más allá de toda comparación conocida, llevándolas hasta tenues estratos atmosféricos poblados por espectros gaseosos tales que los aviadores temerarios apenas han vivido para susurrar después de inexplicables caídas. Al contemplarlos, pensé nerviosamente en ciertos indicios esculpidos de lo que el gran río del pasado había arrastrado hasta la ciudad desde sus laderas malditas, y me pregunté cuánto sentido común y cuánta insensatez había en los temores de aquellos Antiguos que los esculpieron con tanta reticencia. Recordé cómo su extremo septentrional debía acercarse a la costa de la Tierra de la Reina María, donde incluso en aquel momento la expedición de Sir Douglas Mawson trabajaba sin duda a menos de mil millas de distancia; y esperé que ningún destino maligno diera a Sir Douglas y a sus hombres una idea de lo que podía haber más allá de la cordillera costera protectora. Tales pensamientos formaban una medida de mi estado sobreexcitado en aquel momento, y Danforth parecía estar aún peor.

Sin embargo, mucho antes de que hubiéramos pasado la gran ruina en forma de estrella y alcanzado nuestro avión, nuestros temores se habían trasladado a la cordillera menor pero bastante vasta cuyo cruce nuevamente teníamos por delante. Desde estas estribaciones, las laderas negras con costras de ruinas se alzaban descarnadas y horrendas contra el este, recordándonos de nuevo aquellas extrañas pinturas asiáticas de Nicholas Roerich; y cuando pensamos en los malditos panales que había en su interior y en las espantosas entidades amorfas que podrían haberse abierto paso retorciéndose fétidas incluso hasta los pináculos huecos más altos, no pudimos afrontar sin pánico la perspectiva de volver a navegar por aquellas sugerentes bocas de cueva hacia el cielo, donde el viento producía sonidos como un maléfico gorjeo musical sobre una amplia cordillera. Para empeorar las cosas, vimos claros rastros de niebla local alrededor de varias de las cumbres —como debió de hacer el pobre Lake cuando cometió aquel error precoz sobre el vulcanismo— y pensamos temblorosamente en aquella niebla afín de la que acabábamos de escapar; en eso, y en el abismo blasfemo y fomentador del horror de donde procedían todos esos vapores.

Todo iba bien en el avión y nos colocamos torpemente nuestras pesadas pieles de vuelo. Danforth consiguió arrancar el motor sin problemas, e hicimos un despegue muy suave sobre la ciudad de pesadilla. Debajo de nosotros la primigenia mampostería ciclópea se extendía como lo había hecho cuando la vimos por primera vez —tan corta, y sin embargo infinitamente larga, un tiempo atrás— y comenzamos a elevarnos y girar para probar el viento para nuestro cruce a través del paso. A un nivel muy alto debía de haber grandes perturbaciones, ya que las nubes de polvo de hielo del cenit hacían todo tipo de cosas fantásticas; pero a 24.000 pies, la altura que necesitábamos para el paso, encontramos la navegación bastante practicable. A medida que nos acercábamos a los picos salientes, volvió a manifestarse el extraño gorjeo del viento, y pude ver cómo las manos de Danforth temblaban a los mandos. Por muy aficionado que fuera, pensé en aquel momento que yo podría ser mejor conductor que él para efectuar la peligrosa travesía entre pináculos; y cuando hice ademán de cambiar de asiento y asumir sus funciones, no protestó. Intenté mantener toda mi habilidad y serenidad y me quedé mirando el sector de cielo rojizo entre las paredes del paso, negándome rotundamente a prestar atención a las bocanadas de vapor de la cima de la montaña y deseando tener los oídos tapados con cera, como los hombres de Ulises en la costa de las Sirenas, para alejar de mi conciencia aquel molesto soplo del viento.

Pero Danforth, liberado de su pilotaje y excitado hasta llegar a un peligroso tono nervioso, no podía permanecer callado. Le sentí girar y retorcerse mientras miraba hacia atrás, a la terrible ciudad que se alejaba, hacia delante, a los picos repletos de cuevas y cubos, hacia los lados, al sombrío mar de estribaciones nevadas y cubiertas de rampas, y hacia arriba, al cielo hirviente y grotescamente nublado. Fue entonces, justo cuando intentaba dirigirme con seguridad a través del paso, cuando su chillido enloquecido nos acercó al desastre al romper mi firme control sobre mí mismo y hacerme tantear indefenso los mandos durante un instante. Un segundo después triunfó mi resolución y realizamos la travesía sanos y salvos, pero me temo que Danforth nunca volverá a ser el mismo.

Ya he dicho que Danforth se negó a decirme qué horror final le hizo gritar tan enloquecidamente, un horror que, estoy tristemente seguro, es el principal responsable de su actual crisis nerviosa. Tuvimos retazos de conversación a gritos por encima del silbido del viento y el zumbido del motor cuando alcanzamos el lado seguro de la cordillera y descendimos lentamente hacia el campamento, pero eso tenía que ver sobre todo con las promesas de secreto que habíamos hecho cuando nos preparábamos para abandonar la ciudad de pesadilla. Ciertas cosas, habíamos acordado, no eran para que la gente las supiera y discutiera a la ligera, y yo no hablaría de ellas ahora si no fuera por la necesidad de alejar la Expedición Starkweather-Moore, y a otras, a cualquier precio. Es absolutamente necesario, por la paz y la seguridad de la humanidad, que se deje en paz a algunos de los rincones oscuros y muertos y las profundidades inexploradas de la Tierra; no sea que las anormalidades durmientes despierten a la vida resurgente, y las pesadillas blasfemamente supervivientes se retuerzan y chapoteen fuera de sus negras guaridas hacia conquistas más nuevas y más amplias.

Todo lo que Danforth ha insinuado es que el horror final fue un espejismo. No se trataba, declara, de nada relacionado con los cubos y cuevas de montañas de la locura, vaporosas, llenas de ecos y gusanos, que cruzamos; sino de un único atisbo fantástico y endemoniado, entre las agitadas nubes cenitales, de lo que había detrás de esas otras montañas violetas hacia el oeste que los Antiguos habían rehuido y temido. Es muy probable que aquello fuera un puro delirio nacido de las tensiones previas por las que habíamos pasado, y del espejismo real aunque no reconocido de la ciudad transmontana muerta experimentado cerca del campamento de Lake el día anterior; pero fue tan real para Danforth que aún sufre por ello.

En raras ocasiones ha susurrado cosas inconexas e irresponsables sobre «el pozo negro», «el borde tallado», «los proto-shoggoths», «los sólidos sin ventanas con cinco dimensiones», «el cilindro sin nombre», «el pharos anciano», «Yog-Sothoth», «la gelatina blanca primigenia», «el color fuera del espacio», «las alas», «los ojos en la oscuridad», «la escalera lunar», «lo original, lo eterno, lo imperecedero», y otras extrañas concepciones; pero cuando es plenamente él mismo repudia todo esto y lo atribuye a sus curiosas y macabras lecturas de años anteriores. Danforth, de hecho, es conocido por estar entre los pocos que se han atrevido alguna vez a hojear por completo ese ejemplar del *Necronomicón* plagado de gusanos que se guardaba bajo llave en la biblioteca de la universidad.

El cielo más alto, mientras cruzábamos la cordillera, era sin duda bastante vaporoso y estaba perturbado; y aunque no vi el cenit puedo imaginar perfectamente que sus remolinos de polvo de hielo podían haber adoptado formas extrañas. La imaginación, sabiendo lo vívidas que pueden ser a veces las escenas distantes reflejadas, refractadas y magnificadas por esas capas de nubes inquietas, podría haber suplido fácilmente el resto; y, por supuesto, Danforth no insinuó ninguno de esos horrores específicos hasta después de que su memoria hubiera tenido ocasión de recurrir a su lectura pasada. Nunca podría haber visto tanto en una sola mirada instantánea.

En ese momento sus gritos se limitaron a la repetición de una sola palabra enloquecida de origen demasiado obvio:

«¡Tekeli-li! ¡Tekeli-li!».

CLÁSICOS EN ESPAÑOL

Esperamos que haya disfrutado esta lectura. ¿Quiere leer otra obra de nuestra colección de *Clásicos en español*?

En nuestro Club del Libro encontrarás artículos relacionados con los libros que publicamos y la literatura en general. ¡Suscríbete en nuestra página web y te ofrecemos un ebook gratis por mes!

Recibe tu copia totalmente gratuita de nuestro *Club del libro* en rosettaedu.com/pages/club-del-libro

ROSETTA EDU

CLÁSICOS EN ESPAÑOL

Una habitación propia se estableció desde su publicación como uno de los libros fundamentales del feminismo. Basado en dos conferencias pronunciadas por Virginia Woolf en colleges para mujeres y ampliado luego por la autora, el texto es un testamento visionario, donde tópicos característicos del feminismo por casi un siglo son expuestos con claridad tal vez por primera vez.

Oscar Wilde escribe una sola novela, *El retrato de Dorian Gray*; ésta fue el objeto de una crítica moralizante mordaz por parte de sus contemporáneos que no pudieron ver que dentro de una trama perfectamente compuesta se escondía toda la tragedia del romanticismo. Cien años después no ha perdido su impacto original y sigue siendo un texto fundamental para los debates sobre la estética y la moral.

Otra vuelta de tuerca es una de las novelas de terror más difundidas en la literatura universal y cuenta una historia absorbente, siguiendo a una institutriz a cargo de dos niños en una gran mansión en la campiña inglesa que parece estar embrujada. Los detalles de la descripción y la narración en primera persona van conformando un mundo que puede inspirar genuino terror.

rosettaedu.com

ROSETTA EDU

EDICIONES BILINGÜES

En una atmósfera constante de misterio y amenaza, *El corazón de las tinieblas* narra el peligroso viaje de Marlow por un río (sin duda el Congo aunque no es nombrado en el relato) africano. Lo que el marino puede observar en su viaje le horroriza, le deja perplejo, y pone en tela de juicio las bases mismas de la civilización y la naturaleza humana.

Durante décadas, y acercándose a su centenario, *El gran Gatsby* ha sido considerada una obra maestra de la literatura y candidata al título de «Gran novela americana» por su dominio al mostrar la pura identidad americana junto a un estilo distinto y maduro. La edición bilingüe permite apreciar los detalles del texto original y constituye un paso obligado para aprender el inglés en profundidad.

En *La señora Dalloway* Virginia Woolf relata un día en la vida de Clarissa Dalloway, una señora de la clase alta casada con un miembro del parlamento inglés, y de un ex-combatiente que lucha contra su enfermedad mental. La innovación de la novela es la corriente de consciencia: Woolf sigue el pensamiento de cada personaje, siendo excelente a la hora de narrar emociones, asociaciones y sentimientos.

rosettaedu.com

Made in the USA
Monee, IL
03 May 2026